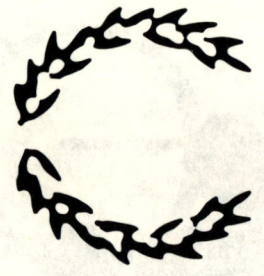

TRADUÇÃO
FLÁVIA
LAGO

APRESENTAÇÃO
HELENA
VIEIRA

TÍTULO ORIGINAL *Monsieur Vénus* (1884)

© Ercolano Editora, 2024
Esta publicação segue as normas do Acordo Ortográfico da Língua Portuguesa, Decreto nº 6.583, de 29 de setembro de 2008.

DIREÇÃO EDITORIAL
Régis Mikail
Roberto Borges

PREPARAÇÃO DE TEXTO
Andréia Manfrin

REVISÃO DE TEXTO
Bárbara Waida

PROJETO GRÁFICO
Estúdio Margem

DIAGRAMAÇÃO
Joyce Kiesel

ILUSTRAÇÕES DE CAPA E ROSTO
Felipa Queiroz

Todos os direitos reservados à Ercolano Editora Ltda. © 2024.
A reprodução não autorizada desta publicação, no todo ou em parte, e em quaisquer meios impressos ou digitais, constitui violação de direitos autorais (Lei nº 9.610/98).

AGRADECIMENTOS

Ale Lindenberg, Bia Reingenheim, Carolina Pio Pedro, Christiane Silva, Claire Eouzan, Daniela Senador, Éditions Gallimard, Eliane Robert de Moraes, Láiany Oliveira, Marion Loire, Martine Reid, Mila Paes Leme Marques, Victoire Tuaillon, Victória Pimentel, Vivian Tedeschi, Zilmara Pimentel.

**AMBASSADE
DE FRANCE
AU BRÉSIL**
*Liberté
Égalité
Fraternité*

Cet ouvrage, publié dans le cadre du Programme d'Aide à la Publication année 2024 Carlos Drummond de Andrade de l'Ambassade de France au Brésil, bénéficie du soutien du Ministère de l'Europe et des Affaires étrangères.

Este livro, publicado no âmbito do Programa de Apoio à Publicação ano 2024 Carlos Drummond de Andrade da Embaixada da França no Brasil, contou com o apoio do Ministério francês da Europa e das Relações Exteriores.

SUMÁRIO

08   APRESENTAÇÃO
QUEM TERÁ MEDO
DE RACHILDE? ❃
HELENA VIEIRA
    ❃
18   PREFÁCIO
COMPLICAÇÕES DO
AMOR ❃ MAURICE
BARRÈS
    ❃
31   SENHOR VÊNUS
    ❃
    34   CAPÍTULO I
    44   CAPÍTULO II
    54   CAPÍTULO III

66	CAPÍTULO IV
82	CAPÍTULO V
94	CAPÍTULO VI
106	CAPÍTULO VII
118	CAPÍTULO VIII
130	CAPÍTULO IX
140	CAPÍTULO X
152	CAPÍTULO XI
164	CAPÍTULO XII
174	CAPÍTULO XIII
186	CAPÍTULO XIV
196	CAPÍTULO XV
208	CAPÍTULO XVI

APRESENTAÇÃO

QUEM TERÁ MEDO DE RACHILDE?

HELENA VIEIRA[1]

---

1   Helena Vieira é pesquisadora, transfeminista e escritora. Estudou Gestão de Políticas Públicas na Universidade de São Paulo (USP) e Humanidades na Universidade da Integração Internacional da Lusofonia Afro-Brasileira (Unilab). É coautora, entre outros, dos livros *História do movimento LGBT no Brasil*, organizado por Renan Quinalha, James Green, Marcio Caetano e Marisa Fernandes (Alameda Editorial, 2018), e *Explosão feminista*, organizado por Heloisa Buarque de Holanda (Companhia das Letras, 2018). Como dramaturga, participou do premiado projeto *Brazil Diversity* em Londres, com a peça *Ofélia, the fat transexual*, e desenvolveu a pesquisa para *Onde estavam as travestis durante a Ditadura?* (Laboratório de Criação do Porto Iracema das Artes).

— Ela está apaixonado por um... homem... hò-mem! Deuses imortais! — ele exclamou. — Tenham pena de mim! Acho que meu cérebro vai se esfacelar!
(Senhor Vênus, p. 90)

Foi sob o pseudônimo de Rachilde que a excêntrica e subversiva Marguerite Vallette-Eymery — a madame Vallette — publicou *Senhor Vênus* em 1884, na Bélgica, quando tinha apenas 20 anos. Lá foi condenada a dois anos de prisão em virtude de sua "escrita pornográfica". A obra causou espanto, alvoroço e ranger de dentes na sociedade europeia e francófona do final do século XIX. Aliás, "excêntrica" e "subversiva" são adjetivos que não dão conta da presença de espírito e da singularidade de madame Vallette. Basta lembrar que, um pouco à moda de George Sand, pseudônimo de Amantine de Francueil (1804-1876), nossa autora também se vestia de homem. Ela o fazia porque, sendo filha única, o pai sempre desejara um filho homem e a educou como se menino fosse, de cabelos curtos e montando a cavalo.

Madame Valette justificava o uso de roupas tomadas como masculinas por sua comodidade, chegando mesmo, segundo consta, a pedir às autoridades um requerimento para usar calças, uma *permission de travestissement* [autorização de travestimento] (BARD, 1999, p. 8). Além da roupa, ainda usava um cartão de visitas onde se podia ler: "*Rachilde: Homme de Lettres*". Mudou-se para Paris aos 18 anos e, a partir de então, fez diversos trabalhos, sobretudo como jornalista, e foi nesse período que escreveu *Senhor Vênus*.

Segundo a professora María Lojo Tizón (2017, p. 128), a androginia era parte da performance pública de Rachilde, que tinha ainda outros hábitos considerados perigosos, como ser leitora do Marquês de Sade, mas não apenas dele: Rachilde se refugiou nos livros devido à dureza de sua vida familiar, uma somatória da insatisfação paterna em relação a seu gênero com os problemas psiquiátricos da mãe. Tornou-se, então, uma leitora precoce e contumaz, tendo contato desde a adolescência com obras de autores como Molière, Lord Byron, Baudelaire e outros. Ainda segundo Lojo Tizón (2012, p. 315), mais tarde ela conhece a obra daquele que será seu autor preferido: Victor Hugo.

Em *Senhor Vênus* não faltarão elementos de crítica aos costumes, à família e à sociedade burguesa de modo geral. A autora constrói também um retrato degenerado de uma aristocracia tão decadente quanto ultrapassada que ainda se podia encontrar na França. Este romance de Rachilde é considerado parte de um movimento literário e intelectual francês conhecido como a decadência do fim do século, ou o decadentismo francês, cujas características remetem a: exaustão frente à literatura parnasiana ou aos padrões de beleza clássica, fuga da realidade, ataques à moral, subversão da moral burguesa, abandono de tudo aquilo que sustentou as artes e um certo modo de vida na Europa. A família que se prostitui, o homem que se feminiza, a mulher herdeira promíscua e voluntariosa que usa seu dinheiro para dar vazão às próprias loucuras e perversões, morte, desonra, inversão... muitos são os temas e termos que vão ligar *Senhor Vênus* ao escândalo, à degeneração e ao vício, um universo comum entre Rachilde e os simbolistas franceses.

Senhor Vênus é uma obra que carrega fortes e febris aspectos autobiográficos. A sr. Raoule de Vénérande, uma das protagonistas, herdeira de uma mansão e apresentada no livro como "quase sempre vestida de homem", dá vazão às suas paixões, é controversa, de amores viscerais, e não se deixa conduzir pela mediocridade das regras morais e do senso de normalidade. Há em Raoule muito de madame Vallette. É por isso que vale conhecer a vida e as forças que atravessam a biografia de Rachilde, possibilitando um contato mais vivo e autêntico com sua obra.

Outro aspecto notável de *Senhor Vênus* é que se trata de uma obra profundamente ligada ao seu tempo e contraditoriamente atemporal. Tenho a impressão de que este livro não poderia ter sido escrito em nenhum outro século que não o XIX, mais especificamente na segunda metade dele.

A invenção da medicina clínica, o nascimento da demografia, da taxonomia lineliana, da sexologia, a expansão do Estado laico etc.: o século XIX é um divisor de águas na história do Ocidente, quando nasce a modernidade tal e qual somos capazes de reconhecer, sobretudo em termos epistemológicos, ou seja, nossa maneira de conhecer e conceber o mundo.

O filósofo Michel Foucault (1999), em seu célebre livro *História da sexualidade*, atribuirá o nascimento da sexualidade moderna ao século XIX, pois é nesse momento que uma importante transformação acontece: o surgimento da sexologia, um saber pertencente ao campo médico-clínico que terá como missão enunciar a verdade sobre o sexo e todos os seus correlatos (gênero, casamento, reprodução, desejo).

Foucault dirá que nasceu uma *scientia sexualis*, preocupada com a verdade do sexo, com sua classificação, com seus desvios, e de natureza prescritiva, uma codificação não erótica do sexual, uma forma asséptica de falar sobre sexo sem nunca o evocar. Essa *scientia sexualis* surge em oposição à *ars erotica* dos antigos, um conjunto de práticas acumuladas no saber da experiência e do corpo sobre como maximizar o prazer.

Figuras como Rachilde habitam a zona de transição entre o declínio total da moral vitoriana, no âmbito inglês, e a transformação dos segredos imorais e promíscuos em desvios patológicos, em problemas de saúde e higiene. É contemporânea de *Senhor Vênus* a publicação do livro *Psicopatia Sexualis*, do sexólogo e psiquiatra austríaco Richard von Kraft-Ebbing (1886), um volumoso compêndio com as recém-listadas parafilias e uma série de estudos de caso de pacientes tratados pelo autor: voyeurismo, exibicionismo, coprofagia, homossexualismo, travestismos. Neste novo mundo, regulado em termos

médicos e jurídicos, expressões como as de Raoule e
Jacques Silvert terminariam em um consultório médico
ou num sanatório.

O romance causou tanto escândalo, tornando-se alvo de
toda sorte de maledicência, que certamente amedrontou
um pouco os leitores. Não há nada mais equivocado que
esse sentimento. *Senhor Vênus* é uma obra repleta de
personagens marcantes e interessantes, conduzidos em
sua trama escandalosa pela prosa bem-humorada e muito
eloquente de Rachilde. Personagens como a inesquecí-
vel protagonista Raoule de Vénérande, nobre jovem e
órfã que vive com sua tia beata, Madame Élisabeth de
Vénérande. Raoule é uma jovem cheia de manias, leitora
de Voltaire e Sade, que decide se entregar ao desejo e
desafiar a sociedade profundamente preconceituosa
em que se insere. Recebe homens em seu quarto, sem
que a tia saiba, e vive uma amizade intensa e ambígua
com o Barão de Raittolbe. Tudo isso se abala quando
conhece o casal de irmãos Jacques e Marie Silvert.
Raoule se encanta com a beleza de Jacques. Mas não
é sua beleza masculina que a encanta: são seus traços
femininos. Jacques, tão belo, parece até uma mulher.
Raoule começa a desejá-lo de uma forma única: ela é um
homem desejando uma mulher. Raoule é a figura forte
dessa relação, passa a se vestir de homem e a portar-se
assim; Jacques, cada vez mais uma moça, entra no jogo,
enquanto a irmã explora financeiramente a paixão de
Raoule. Marie já estava habituada a isso: era prostituta
e agora prostitui o irmão.

    É interessante notar que não há elucubrações sobre
a sexualidade ou a identidade de gênero dos personagens.
Existem apenas as relações quando e como ocorrem. Por
se tratar de uma obra da decadência e anterior à ideia

de identidade sexual, o que se vê são as práticas determinando os sujeitos, a cada instante, e não para sempre.

Está é uma publicação necessária no Brasil em que vivemos. É escandalosa. Confunde o masculino e o feminino, bagunça o amor e nos lembra de que o passado pode ser tão ou mais subversivo que o presente. Não existem esses tempos de antes em que tudo era casamento, vestido branco e família. Tenho certeza: Rachilde é uma autora que o Brasil, secretamente, esperava pousar aqui.

Uma obra elogiada por Oscar Wilde (KIEBUZINSKA, 1994, p. 30), que antecede a androginia de *Orlando* e propõe o escândalo como modo de vida e de morte. Diante de sua chegada num Brasil conservador como este que agora recebe *Senhor Vênus*, só me resta perguntar: quem terá medo de Rachilde?

REFERÊNCIAS

BARD, Christine. Le "DB58" aux Archives de la Préfecture de Police. *Clio*, v. 10, 1999.

FOUCAULT, Michel. *História da sexualidade: a vontade de saber* (vol. I, 1976). Rio de Janeiro: Edições Graal, 1999.

KIEBUZINSKA, Christine. Behind the Mirror: Madame Rachilde's "The Crystal Spider". *Modern Language Studies*, v. 24, n. 3, p. 28-43, 1994.

KRAFT-EBBING, Richard von. (1886). *Psychopathia sexualis*. Paris: Georges Carré Editeur, 1895.

LOJO TIZÓN, María Del Carmen. La temática decadente en Monsieur Vénus (1884) de Rachilde. In: BERMEJO LARREA, E.; CORCUERA MANSO, J. F.; MUELA EZQUERRA, J. (ed.). Comunicación y escrituras: En torno a la lingüística y a la literatura francesas. Zaragoza: Prensas de la Universidad de Zaragoza, 2012. p. 315-321.

LOJO TIZÓN, María Del Carmen. La transgrésión del género en Rachilde. *Anales de Filología Francesa*, n. 25, 2017.

PREFÁCIO

18

COMPLICAÇÕES DO AMOR

MAURICE BARRÈS[1]

---

[1] Maurice Barrès (1862-1923) foi escritor proeminente do nacionalismo francês e associado aos meios tradicionalistas. Autor prolífico, suas teorias político-filosóficas transparecem em sua obra romanesca, a exemplo da trilogia de romances *Le Culte du Moi* [O Culto do Eu], publicada entre 1888 e 1891. (N.E.)

Este livro é abominável, no entanto, não posso dizer que me choca. Pessoas muito sérias não ficaram mais escandalizadas, mas se divertiram, ficaram surpresas, interessadas; elas colocaram *Senhor Vênus* no inferno de sua biblioteca, ao lado de alguns livros do século passado que desafiam o gosto e fazem refletir.

Senhor Vênus descreve a alma de uma jovem muito singular. Peço que este trabalho seja considerado como uma anatomia. Aqueles que se interessam apenas pelas nuances elegantes da boa escrita não têm motivo para folhear este aqui; mas os livros onde se deleitam talvez já tenham desaparecido há muito tempo, enquanto neste ainda se buscará a emoção violenta que sempre é despertada em mentes curiosas e reflexivas pelo espetáculo de uma perversidade rara.

O que é absolutamente delicado na perversidade deste livro é que foi escrito por uma jovem de 20 anos. Que obra-prima maravilhosa! Este volume, impresso na Bélgica, que inicialmente revoltou a opinião popular e só foi lido por um público maldoso e alguns espíritos muito reflexivos, todo esse frenesi terno e malicioso, e essas formas de amor que cheiram à morte, são obra de uma criança, da criança mais doce e mais reclusa! É de um encanto extremo para os verdadeiros dândis. Algo como o brilhante vício sábio no sonho de uma virgem é uma das problemáticas mais misteriosas que conheço, misterioso como o crime, o gênio ou a loucura de uma criança, e tem algo dos três.

Rachilde nasceu com um cérebro de certa forma infame, infame e coquete. Todos aqueles que apreciam o raro o examinam com ansiedade. Jean Lorrain, que deveria ter apreciado isso, deu um elegante esboço de sua visita a Rachilde: "Eu encontrei", disse ele, "uma pensionista de maneiras sóbrias e reservadas, muito pálida, é verdade, mas com uma palidez de estudante pensionista, uma verdadeira menina, um pouco magra, um pouco frágil, com mãos preocupantemente pequenas, o perfil sério de efebo grego ou de jovem francês apaixonado... e os olhos — ah, os olhos! Morosos, morosos, pesados pelos inacreditáveis cílios e de uma clareza de água, olhos que ignoram tudo, a ponto de acreditar que Rachilde não vê com tais olhos, mas que tem outros atrás da cabeça para buscar e descobrir os temperos enlouquecidos com os quais condimenta suas obras". E aqui, muito bem expressas nessas linhas à maneira de Whistler, estão a gravidade e a palidez dessa jovem febril.

Mas nós, que geralmente repugnamos a obscenidade, não escreveríamos sobre este livro se se tratasse apenas de exaltar uma criança ambígua. Amamos *Senhor Vênus* porque ele analisa um dos casos mais curiosos de amor próprio que este século doente de orgulho produziu. Estas páginas escritas febrilmente por uma menor, com todas as falhas artísticas que se possa observar, interessam o psicólogo tanto quanto *Adolphe*, ou *Mademoiselle de Maupin*, ou *Un crime d'amour*, onde são estudados alguns fenômenos raros da sensibilidade amorosa.[2]

Decerto, a menina que escreveu este maravilhoso *Senhor Vênus* não tinha toda essa estética em mente. Será que ela achava que nos daria uma das mais extremas monografias da "doença do século"? Simplesmente, ela tinha maus instintos e os confessava com uma malícia sem precedentes. Ela sempre foi muito inconveniente. Sempre foi muito inadequada. Já muito jovem, instável, gentil e cheia de estranhos ardores, assustava seus pais, os pais mais doces do mundo; ela surpreendia a região de Périgord. Foi por instinto que ela começou a descrever

---

2   *Adolphe* (1816), de Benjamin Constant (1767-1830), *Mademoiselle de Maupin* (1835), de Théophile Gautier (1811-1872), e *Un crime d'amour* (1886), de Paul Bourget (1852-1935), são romances bastante distintos, mas que abordam temas que são tabu, ou os "fenômenos raros da sensibilidade amorosa" (para a sua época de publicação) mencionados por Barrès. (N.E.)

seus calafrios de virgem singular. Levantando gentilmente suas saias entre as pernas, Rachilde se deixou rolar alegremente pela ladeira da excitação que vai de Joseph Delorme[3] às *Flores do Mal* e ainda mais fundo — ela se deixou levar alegremente, sem se preocupar, como se tivesse um cérebro menos nobre e outra educação, deslizando no carrinho das "montanhas-russas".

As jovens nos parecem algo muito complicado, porque não conseguimos nos dar conta de que elas são governadas unicamente pelo instinto, sendo pequenos animais sorrateiros, egoístas e ardentes. Aos 20 anos, Rachilde não refletiu muito para escrever um livro que faz todo mundo sonhar um pouco; ela escreveu a pleno galope de sua pena, seguindo seu instinto. O maravilhoso é que se possa ter tais instintos.

Em toda a sua obra, que hoje é considerável, Rachilde não fez muito mais do que contar sua própria história.

Não pretendo especificar a linha divisória entre o que é verdadeiro ou falso em *Senhor Vênus*; qualquer leitor um pouco familiarizado com os exageros românticos de um cérebro de 20 anos fará facilmente a distinção entre as ornamentações da autora e os detalhes reais de sensibilidade. Imagino que, se eliminarmos as infantilidades do cenário e o trágico da anedota para preservar os traços essenciais de Raoule de Vénérande e do desafortunado Jacques Silvert, estaremos muito próximos de conhecer uma das mais singulares distorções do amor que a doença do século possa ter produzido na alma de uma jovem mulher.

Mas aqui está o resumo desta pequena obra-prima:

A srta. Raoule de Vénérande é uma jovem delicada, muito enérgica, com lábios finos, de desenho

---

[3] *Vies, pensées et poésies de Joseph Delorme* (1829), obra publicada por Saint-Beuve (1804-1869). É evidente a discrepância entre essa coletânea de poemas e *As Flores do Mal* (1857), de Baudelaire (1821-1867). (N.E.)

desagradável. No ateliê de sua florista, ela nota um jovem operário. Coroado com as rosas que ele habilmente torce em grinalda, o rapaz de cabelos ruivos muito escuros a encanta com sua covinha no queixo, a pele lisa e infantil, e o pequeno sulco que ele tem no pescoço, como a dobra de um recém-nascido gordinho; além disso, ele olha, como imploram os cães sofrendo, com uma umidade vaga nos olhos. Todo o retrato tem esse tom excelente, realmente canalha e natural. Raoule coloca em um cenário muito romântico esse bonito rapaz tão rechonchudo; ela o pega, louco com a loucura de uma noiva na presença de seu enxoval de mulher, lambendo até as rodinhas dos móveis por trás de suas franjas multicoloridas. Com um cinismo de aparência muito espirituosa, ela o desconcerta quando ele tenta ser amável; ela o conduz para um gabinete de toalete, o faz corar com sua audácia em examiná-lo e elogiá-lo, ele, o rude que ela recolheu sob pretexto de caridade. E o pobre e humilhado homem se ajoelha na cauda do vestido de Raoule e soluça. Pois, como Rachilde diz, ele era filho de um bêbado e de uma prostituta, sua honra era lamentável. Esse Senhor Vênus, completamente despojado de qualquer característica sexual por meio de uma série de artifícios engenhosos, torna-se *a amante* de Raoule. Quero dizer que ela o ama, o mantém e o acaricia, se irrita e se comove ao lado dele, sem nunca ceder ao desejo que a faria imediatamente inferior àquele tosco ao lado de quem gosta de se arrepiar, mas a quem despreza. Ela define seu gosto de uma maneira admirável: "Eu amarei Jacques como um noivo ama sem esperança uma noiva morta".

Aqui está o tema deste romance, conforme eu o admiro — despojado das ambiguidades que apenas diminuem a obra e deixam transparecer a ignorância de uma virgem, uma virgem que se envolvia, creio, com o que não tinha compreendido. Isso garante a Rachilde, na série dos espíritos, um lugar muito bem definido:

Ela não é moralista, como sabemos muito bem, e aos 20 anos seria verdadeiramente insuportável que pretendesse esse papel. Parece até mesmo, ao longo de todas as linhas, que Rachilde admira Raoule de Vénérande.

Ela também não é uma psicóloga impulsionada pelo puro amor das belas complicações. Ela nos descreve os atos muito particulares de uma jovem mulher orgulhosa, mas não nos faz compreender o desenvolvimento de tal sensibilidade. Tendo lido, ainda ignoramos por quais impressões dos sentidos ou da mente, por quais combinações, em nossa sociedade tão afetada, no meio de uma família honesta, pode surgir um monstro como este.

Enfim, Rachilde é muito espirituosa, de uma leveza coquete, mas não se preocupa muito em enobrecer a forma de sua obra por meio de longos esforços. Nem moralista, embora esboce uma teoria do amor; nem psicóloga, embora às vezes analise; nem artista, apesar de seus lampejos. Rachilde pertence à categoria que, segundo mentes muito refinadas e um pouco desgostosas, é a mais interessante. Ela escreve páginas sinceras, apenas para excitar e intensificar suas emoções. Seu livro não passa de uma extensão de sua vida. Para os escritores desse tipo, o romance é apenas um meio de expressar sentimentos que o cotidiano os obriga a reprimir, ou pelo menos a não divulgar.

Talvez *Senhor Vênus* seja, no fundo, uma história muito real; mas mesmo que fosse um sonho, testemunharia um estado de espírito muito peculiar. Acrescento que esses sonhos são extremamente poderosos. A mulher que sonha, que chora, que narra um amor que desejaria ter, logo o cria. Essas inversões do instinto, essa adoração por um ser miserável, bonito como uma criança, rechonchudo e frágil como uma mulher, com o sexo masculino, já foram vistas várias vezes pela humanidade. De acordo com leis que nos escapam, esses ideais conturbados por vezes sobem à superfície das nossas almas, onde os ancestrais distantes os depositaram. Raoule de Vénérande, essa louca de tez pálida e lábios finos, que lava o corpo equívoco de Jacques Silvert, traz à mente, com todas as diferenças de clima, civilização e tempo, a vertigem da Frígia, quando as mulheres lamentavam Átis,[4] o pequeno macho rosado e muito gordo. Essas obscuras complicações do amor não são feitas apenas de irritação; sua luxúria se mistura a um misticismo conturbado. A Raoule de Vénérande do romance tem como diretora uma parente, misericordiosa, que nunca deixa de estigmatizar a turva humanidade. Rachilde escreve: "Deus deveria ter criado o amor de um lado e os sentidos do outro. O verdadeiro amor deve consistir apenas em amizade calorosa. Vamos sacrificar os sentidos, o monstro".

Tais sonhos ternos e ainda assim impuros sempre tentaram os cérebros mais orgulhosos. Um romancista católico, Joséphin Péladan,[5] acreditou poder se entregar a essas vertigens insalubres sem ofender sua religião. No entanto, aquele que pretende satisfazer a todos os aspectos de seu ser em suas sensualidades, seus nobres desejos de justiça, ternura e beleza, está inclinado sobre um miserável penhasco. O amor que se aplica às criaturas se envolve em complicações bastante obscuras, se não lhe basta ser pai. O homem superior percebe rapidamente que não tem nada a esperar da mulher. Por mais bondade que acredite ver no olhar dessas criaturas, ele se afasta delas; é apenas a juventude que embeleza seus olhos inocentes; nas primeiras palavras, ele encontraria

---

4   Personagem da mitologia grega, comparável a Adônis por sua beleza. (N.T.)

5   Romancista e crítico de arte ocultista francês, Joséphin Péladan (1858-1918) se intitulava "Sâr" (que significa "rei" em assírio). Figura bastante famosa — e polêmica — de seu tempo, fundou a Ordem Cabalística da Rosa-Cruz com o também ocultista Stanislas de Guaita (1861-1897). (N.E.)

a humilhação de ter sido fascinado por um ser baixo. Por sua vez, a mulher fez o mesmo raciocínio; ela não se curvará diante do homem tão frequentemente brutal e cujo abraço, afinal, só consegue provocar um leve arrepio nessa curiosa insaciável.

A quais cultos misteriosos, então, esses homens e mulheres que *o amor-próprio* afasta uns dos outros se dedicarão? A que práticas singulares pedirão carícias, eles que, mais frequentemente, complicam com uma intensa enervação sua sensibilidade moral?

A doença do século, que sempre deve ser mencionada e da qual *Senhor Vênus* indica, na mulher, uma das formas mais interessantes, consiste de fato em um cansaço nervoso excessivo e um orgulho até então desconhecido. Antes deste livro, não se havia observado as peculiaridades que ela introduz na sensibilidade em relação ao amor. Sem entrar em detalhes sobre essa elegia divina e tão perturbadora de René,[6] é principalmente nas obras do senhor Custine,[7] um grande romancista desconhecido, e de Baudelaire que deveríamos procurar propostas (obviamente muito veladas) sobre o amor *complicado*, complicado por ter temido demais as impurezas. Veríamos, com horror, alguns chegarem ao desprezo pela graça feminina, ao mesmo tempo que *Senhor Vênus* proclama o ódio à força masculina.

Complicação de grande consequência! O desprezo pela mulher! O ódio à força masculina! Aqui estão alguns cérebros sonhando com um ser assexuado. Essas imaginações cheiram à morte. Nas últimas páginas do

---

6   Personagem do romance homônimo de François-René de Chateaubriand (1768-1848), cujo caráter intimista, melancólico e propenso à mística prefigura o romantismo e o mal do século. (N.E.)

7   Astolphe de Custine (1790-1857), escritor e romancista conhecido por seus relatos de viagens. (N.E.)

livro, quando Senhor Vênus está morto, vemos Raoule de Vénérande velar e se lamentar diante de uma imagem de cera! A imagem de seu Adônis canalha!

Fantasia chorosa de pessoa isolada, excentricidade cerebral, mas que interessa ao psicólogo, ao moralista e ao artista. *Senhor Vênus* é um sintoma muito significativo, sobretudo porque facilmente distinguiremos, repito, o que é um exagero de romancista e o que advém de um nervosismo cada vez mais comum em ambos os sexos.

Não, esta autobiografia da mais estranha das jovens não é uma travessura. Apesar das páginas que, creio, querem ser sádicas, e que são apenas muito obscuras e muito ingênuas, este livro para o meu gosto pode ser considerado uma curiosidade que permanecerá igual a certos livros do século passado, que ainda lemos depois que obras mais perfeitas desapareceram. A crítica moderna substitui prontamente a curiosidade literária pela curiosidade patológica; é o autor que as mentes mais ilustres procuram numa obra. Você sabe que a autora é uma jovem gentil e delicada, e que tipo de frenesi sensual e místico encontramos em seu livro. Não lhe parece que *Senhor Vênus*, além da luz que lança sobre certas depravações amorosas desta época, é um caso infinitamente cativante para quem se preocupa com as relações, tão difíceis de apreender, que unem a obra de arte ao cérebro que a fez se levantar?

Por que mistério Rachilde colocou Raoule de Vénérande e Jacques Silvert diante dela? Como essas criações equívocas vieram dessa criança bem-educada? O problema é fascinante.

Um eminente psicólogo, sr. Jules Soury,[8] metodicamente interessado pelas curiosas variedades da sensibilidade humana, disse certa vez sobre Restif: "Aquele que compõe tais livros talvez não seja nada além de um

---

8   Os posicionamentos políticos do neuropsicólogo e nacionalista francês Jules Soury (1842-1915), como sua oposição no caso Dreyfus, influenciaram a obra de Barrès. (N.E.)

monstro duplo; é um caso muito bom de teratologia. A sepultura e o esquecimento são apenas para o vulgo. Já ele tem as honras da sala de dissecação e do museu Dupuytren".[9] Isto é o que eu aplicaria judiciosamente ao camarada que tenho a honra de estudar, se não tivesse medo de parecer-lhe um pouco desajeitado.

---

9   Referência desconhecida, atribuída ao escritor excêntrico Restif de la Bretonne (1734-1806). O museu de anatomia patológica Dupuytren, criado em 1835, é conhecido pelo caráter impressionante das anomalias e más-formações genéticas ali expostas. (N.E.)

SENHOR VÊNUS

ROMANCE MATERIALISTA

31

Dedico *Senhor Vênus* ao sr. Léo d'Orfer.[1]

---

[1] Pseudônimo do escritor Marius Pouget (1859-1924), com quem Rachilde travou um relacionamento. Conforme aponta Martine Reid (*In*: RACHILDE, *Monsieur Vénus/ Madame Adonis*. Gallimard, 2024, p. 491), a dedicatória desaparecerá nas edições seguintes. (N.E.)

CAPÍTULO

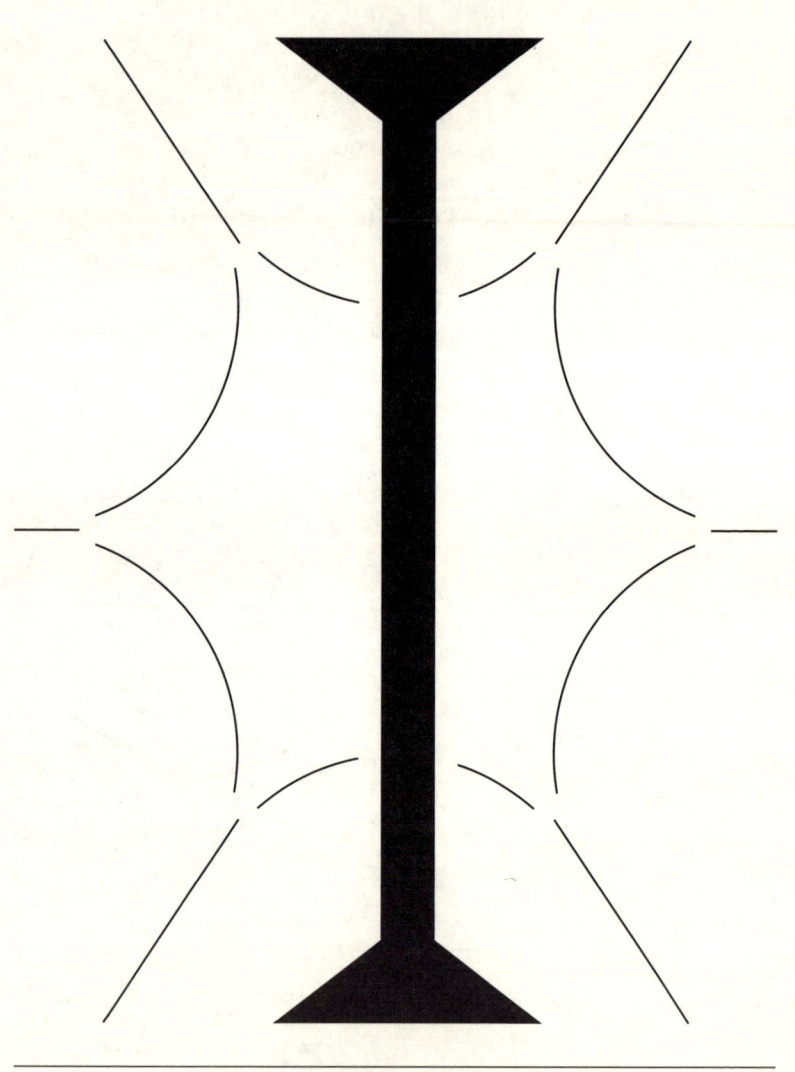

34

A SRTA. VÉNÉRANDE TATEAVA AS PAREDES EM BUSCA DE UMA PORTA NO ESTREITO CORREDOR INDICADO PELO CONCIERGE. O SÉTIMO ANDAR NÃO ESTAVA NADA ILUMINADO E, COM MEDO, ELA SE VIU DE REPENTE em meio a um cortiço de má reputação, quando se lembrou de sua cigarreira, que continha o que ela precisava para ter um pouco de luz. À luz de um fósforo, descobriu o número 10 e leu esta placa:

MARIE SILVERT, FLORISTA, DESENHISTA

Então, como a chave estava na porta, a srta. Vénérande entrou; mas, na soleira, um cheiro de maçã cozida fechou sua garganta e a fez parar de andar. Nenhum cheiro lhe era mais odioso do que o de maçãs; foi por isso que estremeceu de repulsa antes de anunciar sua presença ali, examinando o sótão.

Sentado a uma mesa onde uma luminária fumegava sobre uma frigideira gordurosa, um homem, que parecia absorto em um trabalho minucioso, estava de costas para a porta. Em seu torso, sobre uma camisa esvoaçante, corria uma guirlanda de rosas em espiral, rosas enormes, acetinadas, cor de carne, em veludo granada, que passava entre as pernas, subia até os ombros e se enrolava no colarinho. À sua direita havia um ramo de goivos e à esquerda, um tufo de violetas.

Em um catre bagunçado no canto da sala, havia lírios de papel empilhados.

Alguns ramos de flores picotados e pratos sujos, embaixo de uma garrafa vazia, estavam entre duas cadeiras de palha quebradas. A chaminé de um pequeno fogão passava pela janela da claraboia no telhado, onde cozinhavam as maçãs empilhadas à sua frente, em uma das bocas avermelhada pelo fogo.

O homem sentiu o frio que a porta aberta deixou entrar; ele ergueu a luminária e se virou.

— Me enganei, senhor? — perguntou a visitante, desagradavelmente impressionada. — Marie Silvert, por favor?

— É aqui mesmo, senhora, e, no momento, Marie Silvert sou eu.

Raoule não pôde deixar de sorrir: feita com uma voz de sonoridade masculina, aquela resposta tinha algo de grotesco, que não fora corrigido pela pose constrangida do garoto segurando as rosas na mão.

— Você faz flores? Você as faz como uma verdadeira florista!

— Sem dúvida, preciso fazer assim. Minha irmã está doente; veja, nessa cama, ela está dormindo... Coitada! Sim, está muito doente. Uma febre alta de tremer os dedos. Ela não consegue fazer nada desse jeito... Eu sei pintar, mas disse a mim mesmo que trabalhando na casa dela conseguiria uma vida melhor do que desenhando animais ou copiando fotografias. Quase não chegam encomendas — concluiu ele —, mas continuo tirando o dinheiro do mês mesmo assim.

Ele levantou o pescoço para monitorar o sono da paciente. Nada se mexeu sob os lírios. Ele ofereceu uma das cadeiras à jovem. Raoule envolveu-se no sobretudo de pele de lontra e sentou-se com grande repugnância; ela não sorriu mais.

— A senhora deseja...? — perguntou o garoto, depositando a guirlanda sobre a mesa para fechar a blusa, que destacava bastante o peito.

— Recebi o endereço de sua irmã — respondeu Raoule — e a recomendaram como uma verdadeira artista. Preciso desesperadamente chegar a um acordo com ela sobre um vestido de baile. Você não pode acordá-la?

— Um vestido de baile? Oh! Senhora, fique calma, não há necessidade de acordá-la. Eu cuido disso para você... Vamos ver, do que precisa? Pingentes, fitas ou estampas em destaque?

Desconfortável, a jovem quis ir embora. Ao acaso, pegou uma rosa e examinou o centro dela, que o florista umedeceu com uma gota de cristal:

— Você tem talento, muito talento — repetiu a srta. Vénérande, enquanto desenrolava as pétalas de cetim...

O cheiro de maçã cozida se tornava cada vez mais insuportável para ela.

O artista ficou em frente à sua nova cliente e puxou a luminária entre eles, até a beirada da mesa. Assim como estavam, podiam ver um ao outro da cabeça aos pés. Seus olhos se encontraram. Raoule, como que deslumbrada, piscou por trás do véu.

O irmão de Marie Silvert era ruivo, um ruivo bastante escuro, quase ocre, um pouco atarracado, com quadris salientes, pernas retas, tornozelos finos.

Os cabelos, penteados para baixo, sem ondas nem cachos, mas duros, grossos, pareciam rebeldes às cerdas do pente. Sob a sobrancelha preta, bastante fina, os cílios eram estranhamente escuros, embora o deixassem com uma expressão tola.

Os olhos dele eram como os dos cães sofredores que imploram, com uma leve umidade neles. Tais lágrimas de animais sempre nos atingem de maneira insuportável. A boca tinha o contorno firme de lábios saudáveis que a fumaça, ao saturá-los com seu perfume viril, ainda não havia murchado. Seus dentes pareciam tão brancos perto dos lábios arroxeados que era possível imaginar como aquelas gotas de leite não secavam entre dois tições. O queixo, com uma covinha, de carne lisa e pueril, era adorável. O pescoço tinha uma pequena dobra, como a dobrinha de um recém-nascido em fase de crescimento. A mão bastante grande, a voz amuada e os cabelos grossos eram as únicas pistas de seu gênero.

Raoule esqueceu o pedido; um estranho torpor tomou conta dela, anestesiando até suas palavras.

Porém, ela se sentia melhor, as maçãs com seus jatos de vapor quente já não a incomodavam; e, das flores espalhadas nos pratos sujos, emanava uma certa poesia. Com emoção na voz, a srta. Vénérande continuou:

— Veja, senhor, seria um baile à fantasia e tenho o hábito de usar enfeites especialmente desenhados para mim. Serei uma *ninfa das águas*, fantasia feita por Grévin,[2] com uma túnica de caxemira branca salpicada de pedraria verde e galhos de junco ao redor; seria preciso, portanto, um ramo de plantas de rio, ervas-do-brejo, lentilhas, nenúfares... Acha possível fazer isso em uma semana?

— Acredito que sim, senhora, uma obra de arte! — respondeu o jovem, sorrindo por sua vez; em seguida, pegou um lápis e começou a fazer os esboços em uma folha de cartolina.

— É isso, é isso — aprovou Raoule, seguindo o lápis com os olhos. — Tons bem suaves, certo? Não omita nenhum detalhe... Ah! O preço que quiser! As ervas-do-brejo com longos pistilos de flecha e os nenúfares bem rosados, com uma penugem marrom.

A srta. Vénérande pegou o lápis para corrigir certos contornos; quando se inclinou em direção à lâmpada, um feixe de luz fez brilhar o diamante que prendia seu sobretudo. Ao ver esse detalhe, Silvert disse em tom respeitoso:

— O trabalho vai me custar 100 francos, mas o farei por 50 francos. Não vou ganhar muito com isso, senhora.

Raoule tirou três notas de uma carteira estampada.

— Pegue — a srta. Vénérande disse simplesmente —, tenho total confiança em você.

O jovem fez um movimento tão repentino, uma explosão de alegria tão grande, que mais uma vez a blusa se abriu. No fundo de seu peito, ela viu a mesma sombra avermelhada que marcava seu lábio, algo como brilhos dourados entrelaçados, misturados.

A srta. Vénérande imaginou que talvez comeria uma daquelas maçãs sem muita reclamação.

— Quantos anos você tem? — ela perguntou sem tirar os olhos daquela pele transparente, mais acetinada que as rosas da guirlanda.

---

2   Alfred Grévin e Arthur Meyer criaram, em 1882, o museu de cera Grévin, que existe até hoje. (N.E.)

— Tenho 24 anos, senhora. — E, sem jeito, acrescentou: — Ao seu dispor.

A jovem balançou a cabeça, as pálpebras fechadas, sem ousar olhar novamente:

— Ah! Você parece ter 18 anos... É curioso, um homem que faz flores... Mas está muito mal instalado, com uma irmã doente, neste sótão... Meu Deus! A claraboia deve iluminar tão pouco... Não! Não! Não me dê o troco... 300 francos não valem nada. A propósito, meu endereço, anote: srta. Vénérande, Avenue des Champs-Élysées, 74, Residência Vénérande. Você mesmo o trará para mim. Conto com isso, certo?

Sua voz saiu entrecortada, sua cabeça estava muito pesada.

Mecanicamente, Silvert pegou um galho de margarida, enrolou-o nos dedos e, sem prestar atenção, usou a habilidade de uma profissional para beliscar apenas o fio de tecido, dando-lhe a aparência de uma folha de grama.

— Na próxima terça-feira, claro, senhora, estarei lá, conte comigo, prometo-lhe uma obra-prima... Você foi muito generosa!

Raoule levantou-se; um tremor nervoso sacudiu todo o seu corpo. Ela teria contraído a febre daquela pobre casa?

O garoto ficou imóvel, boquiaberto, imerso em sua alegria, apalpando três trapos azuis, trezentos francos! Já não pensava em puxar a blusa até o peito, onde a luminária iluminava os brilhos dourados.

— Eu poderia ter mandado minha costureira com minhas instruções — murmurou a srta. Vénérande, como que para responder a uma censura interna e pedir desculpas a si mesma. — Mas, depois de ver suas amostras, preferi vir pessoalmente... Aliás: você me contou que era pintor. Isso é seu?

Com um movimento de cabeça, ela indicou um painel pendurado na parede, entre um trapo cinza e um chapéu.

— Sim, senhora — disse o artista, levantando a luminária.

Com um rápido olhar, Raoule avistou uma paisagem abafada, onde cinco ou seis ovelhas pastavam furiosamente no verde suave, com tanto respeito pelas leis da perspectiva, que, por empréstimo, duas delas pareciam ter cinco patas.

Silvert, de maneira ingênua, esperava um elogio, um incentivo.

— Profissão estranha — continuou a srta. Vénérande, sem prestar mais atenção à tela —, porque, afinal, se você quebrasse pedras, isso seria mais natural.

Ele começou a rir estupidamente, um pouco desconcertado ao ouvir aquela desconhecida repreendê-lo por usar todos os meios possíveis para ganhar a vida; então, para responder algo:

— Bem — ele disse —, mas isso não me impede de ser um homem!

E a blusa, ainda aberta, revelava os brilhos dourados do peito dele.

Uma dor incômoda percorreu a nuca da srta. Vénérande. Seus nervos estavam superexcitados na atmosfera abafada do sótão. Uma espécie de tontura a atraía para aquele pedaço de pele nua. Queria dar um passo atrás, desvencilhar-se da obsessão, fugir... Uma sensualidade louca tomou conta de seu pulso... Seu braço relaxou, ela passou a mão no peito do jovem, como teria feito diante de um animal de pelos dourados, um monstro cuja veracidade não lhe parecia comprovada.

— Entendo! — ela disse, com ousadia irônica.

Jacques sobressaltou-se, confuso. O que a princípio pensara ser uma carícia agora lhe parecia um contato insultuoso.

A luva daquela dama o fez se lembrar de sua miséria.

Ele mordeu o lábio e, tentando parecer incomodado, respondeu:

— Minha nossa! Eu os tenho em todo lugar!

Diante da grandeza dessa afirmação, Raoule de Vénérande sentiu uma vergonha mortal. Ela virou a cabeça; então, em meio aos lírios, surgiu um rosto pavoroso no qual dois olhos sinistros se iluminavam: era Marie Silvert, a irmã.

Por um momento, sem vacilar, Raoule manteve os olhos colados aos daquela mulher; depois, altivamente, saudando-a com um aceno imperceptível de testa, baixou o véu e saiu lentamente, sem que Jacques, estático, com a lanterna na mão, pensasse em conduzi-la até a porta.

— O que você acha disso? — perguntou ele, voltando a si, enquanto o carro de Raoule já chegava aos bulevares, em direção à Avenue des Champs-Élysées.

— Eu acho... — respondeu Marie, deixando-se cair no sofá com um sorriso de escárnio, o brilho dos lírios realçando seu desleixo. — Acho que se você não for idiota, nosso negócio dará certo. Ela está na sua, meu querido!

CAPÍTULO II

44

FAZIA BASTANTE FRIO. RAOULE, ENCOLHIDA NA PARTE DE TRÁS DE SEU CUPÊ, HAVIA BAIXADO AS CORTINAS E APERTAVA A MANGA DO CASACO COM FORÇA SOBRE A BOCA. CERTAMENTE, AQUELA MULHER EMOTIVA NÃO ESTAVA VENDO UM RAPAZ bem-apessoado pela primeira vez, mas a lembrança de um homem tão belo e com a pele tão rosada quanto uma garota a assombrava cruelmente. Para Raoule de Vénérande, a imaginação quase sempre substituía as situações agradáveis; quando não conseguia vivenciar um momento de paixão, ela o imaginava, e o resultado era o mesmo. Sem querer se lembrar da sinistra escadaria da Rue de la Lune, da florista doente e suja, daquele sótão onde havia um cheiro atroz de maçã, ela começou a pensar em Jacques Silvert.

Quase sem se importar com a banalidade do jovem trabalhador, deixando-se levar por um fluxo fictício, Raoule imaginou sua pele sendo tocada com a ponta dos dedos dele, e então os olhos semicerrados da descendente dos Vénérande se afogaram em um delicioso langor. Aqueles pensamentos já não lhe permitiam mais despertar sua consciência. A vergonha que sentia diante daquele homem que teve a audácia de considerar rude foi seguida por uma louca admiração pelo belo instrumento de prazer que desejava. Ela já gostava daquele rapaz, já o havia transformado em uma presa, talvez já o tivesse arrancado do seu apartamento miserável para imaginá-lo nos espasmos da posse absoluta. E Raoule, embalada pelo trote rápido da sua carruagem, mordia seu casaco de pele, a cabeça jogada para trás, o corpete apertado, os braços cerrados, com um suspiro de cansaço aqui e ali.

Nem bela nem bonita no sentido estrito das palavras, Raoule era alta, bem-apessoada, com o colo macio. Ela possuía as formas delicadas de uma verdadeira moça de estirpe, era magra, tinha o andar um tanto altivo e, sob os véus, as ondulações revelavam cachos felinos. Desde a infância, sua fisionomia, de expressão dura, não era atraente. As sobrancelhas, maravilhosamente desenhadas, tinham uma tendência acentuada a se juntarem no centro do rosto. Os lábios finos, borrados nos cantos, atenuavam de maneira desagradável o contorno da boca. Os cabelos eram castanhos, retorcidos na nuca, e combinavam perfeitamente com o rosto oval, tingido por uma espécie de sépia italiana que se esmaecia na luz. Os olhos, bem pretos, com reflexos metálicos sob longos cílios curvados, transformavam-se em duas brasas quando a paixão os iluminava.

Raoule estremeceu, subitamente arrancada da devassidão de seus pensamentos ardentes; o carro acabava de parar no pátio da Residência Vénérande.

— Você está voltando tarde, minha filha! — disse uma senhora idosa, toda vestida de preto, que descia a escada para encontrá-la.

— Você acha, tia? Mas que horas são?

— Quase oito horas. Você não está vestida, não deve ter jantado. Porém, o sr. Raittolbe virá buscá-la para levá-la à Ópera esta noite.

— Não vou, mudei de ideia.

— Não está se sentindo bem?

— Por Deus, não! Só estou um pouco perturbada. Vi uma criança cair debaixo de um ônibus, na Rue de Rivoli. Seria impossível jantar, garanto... Por que acidentes de ônibus assim têm que acontecer na rua?

A sra. Élisabeth fez o sinal da cruz.

— Ah! Esqueci, tia, venha comigo. Tranque a porta, preciso falar com você sobre um assunto que lhe agradará muito: um bom trabalho. Coloquei as mãos em um bom trabalho...

Ambas caminharam pelos enormes cômodos da Residência Vénérande.

Havia salões de aparência tão escura que não se podia entrar neles sem sentir um aperto no coração. O antigo edifício tinha dois pavilhões, ladeados por escadarias arredondadas como as do Palácio de Versalhes. As janelas, de treliças estreitas, desciam todas até o assoalho de madeira, mostrando, por trás da leveza da musselina e da renda guipure, enormes varandas de ferro forjado decoradas com arabescos peculiares. Diante dessas varandas, cortado pelo portão de entrada, estendia-se um mosaico de plantas essencialmente parisienses, aquelas plantas com folhagens em tons neutros, resistentes ao inverno, que formam bordas tão precisas que o olhar mais treinado não conseguiria se ofender com uma única folha de grama saliente. As paredes cinzentas pareciam entediadas, uma diante da outra. No entanto, um mago, para irritar uma beata, se adornasse essas fachadas com brasões, teria causado muitas surpresas aos plebeus perdidos na nobre avenida. Assim, o quarto da sobrinha, na ala direita, e o da tia, na ala esquerda, subitamente expostos ao céu, fariam um amante dos contrastes pictóricos desmaiar de alegria.

O quarto de Raoule era forrado por um tecido cor de damasco vermelho e revestido nos cantos com painéis de madeira e cordões de seda. Uma panóplia de armas de todos os tipos e de todos os países, colocadas ao alcance de um pulso feminino por suas dimensões requintadas, ocupava o painel central. O teto, abaulado nas cornijas, era pintado com velhos motivos rococós sobre um fundo azul-esverdeado.

Do centro do teto descia um lustre de cristal de Karlsruhe, uma girândola de flores-de-lis com suas folhas iridescentes em formato de lança, em cores naturais. Uma cama macia estava posicionada transversalmente ao grande tapete de visom que se estendia sob o lustre. O estrado da cama, em ébano esculpido, sustentava almofadas cujas plumas no interior haviam sido impregnadas com um perfume oriental que embalsamava todo o ambiente.

Alguns quadros entre espelhos, de temas bastante livres, agarravam-se às paredes. Ali, de frente para a mesa de trabalho abarrotada de papéis e cartas abertas, havia um nu masculino sem qualquer tipo de sombra nos quadris. Um cavalete, num canto, e um piano, perto da mesa, completavam o mobiliário profano.

O quarto da sra. Élisabeth, beata de várias ordens, era todo de um cinza cor de aço que desolava o olhar.

Sem carpete, o assoalho bem polido congelava os calcanhares, e o Cristo emaciado, pendurado perto da cabeceira da cama sem travesseiro, contemplava um teto pintado de brumas como o céu do norte.

A sra. Élisabeth morava na Residência Vénérande há cerca de vinte anos, na companhia de sua sobrinha, que ficou órfã aos cinco anos. Jean de Vénérande, último descendente da família, tinha, ao deixar este mundo, demonstrado o desejo de que a criança, nascida da morte, fosse criada por sua irmã, cujas qualidades sempre lhe inspiraram profunda estima. Élisabeth era então uma virgem de quarenta primaveras, cheia de virtudes, impregnada de devoção, passando pela vida como se estivesse sob os arcos de um claustro, perdida em orações perpétuas, desgastando a ponta do polegar ao repetir os sinais da cruz que permitem sacar largamente do tesouro das indulgências, e se importando muito pouco, rara qualidade de beata, com a salvação dos vizinhos. Sua história era simples. Ela a contava em dias solenes, em um estilo untuoso que o misticismo inveterado empresta às naturezas passivas. Tivera uma paixão casta, uma paixão por Deus; ela havia amado ingenuamente um pobre tísico, o conde de Moras, um homem à beira da morte. Talvez ela tivesse sonhado com um futuro feliz como esposa e mãe, mas uma catástrofe havia destruído tudo no último momento: o conde de Moras faleceu e se juntou aos seus antepassados, tendo recebido os últimos sacramentos da Igreja. Em sua dor extrema, a noiva não consumou o casamento, manteve o véu branco intacto; em busca de um amor eterno, ela se ajoelhou aos pés da cruz redentora. A devoção religiosa não lhe exigia mais nada! As portas do convento estavam prestes a se abrir quando Jean de Vénérande faleceu. A sra. Élisabeth silenciou o seu coração e dedicou-se a partir de então à tutela de Raoule.

Nesse momento turbulento da existência da criança, enquanto ela se forma, uma mãe teria sérias preocupações com seu futuro. A garotinha obstinada desfazia todos os argumentos que lhe eram apresentados com respostas cheias de uma desenvoltura epicurista. Ela colocava em prática seus caprichos com uma tenacidade assustadora e encantava as professoras com a explicação lúcida que dava para suas loucuras. Seu pai tinha sido um daqueles libertinos exaustos que as obras do Marquês de Sade fazem corar, mas por uma razão diferente do pudor. A mãe de Raoule, uma provinciana cheia de vitalidade, de constituição muito robusta, tinha os apetites mais naturais e impetuosos. Ela morreu devido a uma hemorragia algum tempo depois do parto. Talvez o marido a tenha seguido até o túmulo, também vítima de um acidente que provocara, pois um dos seus antigos criados disse que em seu leito de morte se culpou pela perda prematura da mulher.

A sra. Élisabeth, a beata, ignorante da vida dos seres materialistas, teve muito cuidado em desenvolver as aspirações místicas de Raoule; ela a deixou raciocinar, falou-lhe frequentemente sobre seu desdém pela humanidade vil em vocábulos bem selecionados e a fez chegar aos seus 15 anos na mais completa solidão.

Quando chegou a hora de a jovem explorar sua sensualidade, tia Élisabeth, a beata, nunca poderia imaginar que seu beijo casto não seria suficiente para acalmar os ardores secretos da virgem que a senhora guiava em sua fé.

Certo dia, Raoule, explorando os aposentos desocupados da sua residência, encontrou um livro. Ela começou a lê-lo, sem um objetivo específico. Seus olhos pousaram em uma gravura, e logo se desviaram, mas ela decidiu levar o livro consigo... Nessa época, a jovem passou por uma profunda mudança. Sua aparência se modificou, sua voz se tornou rarefeita, seus olhos transbordavam de febre, ela chorava e ria ao mesmo tempo. A sra. Élisabeth, preocupada, temendo uma doença grave, chamou os médicos. A sobrinha impediu que eles entrassem em seu quarto. No entanto, um deles, de porte elegante, espirituoso e jovem, foi perspicaz o suficiente para ser recebido pela doente temperamental. Ela o convidou a retornar, mas seu estado não apresentou qualquer melhora.

Élisabeth recorreu à sabedoria de seus confessores, que lhe indicaram a verdadeira solução: o casamento.

Raoule ficou furiosa quando sua tia começou a falar sobre casamento.

Naquela noite, durante o chá, o jovem médico, conversando em um recanto da janela com um velho amigo da casa, disse, apontando para Raoule:

— Um caso especial, senhor. Mais alguns anos, e esta linda criatura que o senhor tanto estima, na minha opinião, terá, sem nunca os amar, conhecido tantos homens quantas as contas do rosário de sua tia. Um caso perdido! Ou freira ou monstro! Os braços de Deus ou os da volúpia! Talvez fosse melhor trancafiá-la num convento, pois na Salpêtrière internamos os histéricos! Apesar de nunca ter experimentado o vício, ela o imagina com detalhes vívidos.

Isso aconteceu dez anos antes do início desta história, e Raoule não se tornou freira...

Durante a semana seguinte à sua visita a Silvert, a srta. Vénérande realizou passeios frequentes, não tendo outro objetivo senão a realização do projeto estabelecido no percurso da Rue de la Lune até a sua residência. Ela confidenciou isso à tia, e esta, após tímidas objeções, apelou, como sempre, aos céus. Raoule descreveu em detalhes a miséria do *artista*. Que pena a tia não sentiria ao ver o casebre de Jacques? Como ele poderia trabalhar ali, com sua irmã quase inválida? Assim, Élisabeth prometera recomendá-los à Sociedade de São Vicente de Paulo e enviar damas de caridade tão nobres quanto prestativas.

— Vamos abrir a bolsa, tia! — exclamou Raoule, exultante com a própria audácia. — Vamos dar uma esmola real, mas o façamos com dignidade! Vamos colocar esse talentoso pintor — aqui, Raoule sorriu — num ambiente verdadeiramente artístico. Que ele possa ganhar o seu pão sem ter vergonha de esperar isso de nós. Vamos garantir-lhe o futuro imediatamente. Quem sabe se, mais tarde, ele não nos devolverá cem vezes mais! — Raoule falava com entusiasmo.

"Torço para que", ponderou tia Élisabeth para si mesma, "minha sobrinha tenha encontrado algo de extraordinário nesses pobres coitados para se animar de tal maneira... Ela, que é tão indiferente. Talvez este seja o caminho para trazê-la de volta à piedade!"

Porque tia Élisabeth tinha certeza de que *o sobrinho* — como costumava chamar Raoule quando a via tendo aulas de esgrima ou pintura — não tinha nenhum pingo da fé que conduz aos destinos santos. A beata, por sua vez, era de uma linhagem tão nobre, de uma classe tão superior, de princípios tão rígidos, que jamais duvidaria da pureza física e moral de sua descendente. Uma Vénérande só poderia ser virgem. Houve menções de familiares que mantiveram essa qualidade durante várias luas de mel. Tal nobreza, mesmo não sendo hereditária na família, impunha à jovem uma conduta impecável.

— A partir de amanhã — concluiu enfim Raoule —, vou a Paris para organizar um ateliê. Os móveis serão colocados à noite; não faz sentido chamar atenção. Seria um erro ostentar qualquer coisa. Na terça-feira, quando ele vier me entregar meu traje de gala, tudo estará pronto... Ah! É nessas ocasiões, tia, que a nossa fortuna é interessante!

— Entrego-me, minha querida, à benção celestial da sua compaixão! — declarou tia Élisabeth. — Não poupe nada: o que você semear na terra, colherá lá no alto!

— *Amém!* — retrucou Raoule, lançando um olhar de anjo perverso para a beata extasiada.

Oito dias depois, a srta. Vénérande, bela e extremamente original em seu traje de *ninfa das águas*, fez uma entrada espetacular no baile da Duquesa d'Armonville. Flavien X..., um renomado jornalista, escreveu algumas poucas palavras sobre aquele traje peculiar. Apesar de

Raoule não ter amigas próximas, ela encontrou algumas naquela noite que lhe imploraram que revelasse o endereço de seu talentoso florista.

Raoule se recusou a dar qualquer informação.

CAPÍTULO

III

54

JACQUES SILVERT, NO ATELIÊ, AFUNDOU--SE NUM SOFÁ, COMPLETAMENTE DESNORTEADO. ELE PARECIA UMA CRIANÇA SURPREENDIDA POR UMA GRANDE TEMPESTADE. ENTÃO, COLOCARAM-NO EM UMA CASA COM PINCÉIS, TINTAS, TAPETES, cortinas, móveis, veludo, muito dourado, muita renda... Com os braços pendurados, ele olhava tudo ao redor, se perguntando se cada coisa não se afastaria para trazer de volta uma noite profunda. A irmã, ainda sem acreditar, sentou-se na mala que continha os trapos velhos dos dois. Inclinando as costas magras, com as mãos entrelaçadas, ela repetiu, dominada por imensa veneração:

— Nobre criatura! Nobre criatura!

Sua tosse eterna, como o rangido de um eixo enferrujado, era uma presença constante, e ao final de cada acesso buscava notas graves, como em uma peça teatral.

— Devíamos, no entanto, arrumar um pouco — acrescentou ela, levantando-se com muita determinação.

Ela abriu o baú, tirou a pintura de ovelhas contra um céu claro e pendurou-a num canto. Então, Jacques, movido por uma emoção inexplicável, aproximou-se desse quadro e beijou-o enquanto chorava.

— Veja, irmã, sempre intuí que meu talento nos traria sorte. E você que me disse que seria melhor perseguir garotas do que raspar carvão nas paredes.

Marie escarneceu, encolhendo os ombros encurvados.

— Até parece! Como se sua cara fosse melhor do que a das suas ovelhas encardidas!

Jacques não pôde deixar de rir; suas lágrimas secaram e ele sussurrou:

— Você é louca! A srta. Vénérande é uma artista, só isso! Ela tem piedade pelos artistas; ela é boa, ela é justa... Ah! Os trabalhadores pobres não fariam tantas revoluções se conhecessem melhor as mulheres da alta sociedade!

Marie esboçou um sorriso sinistro. Guardava sua opinião para si mesma. Quando pensava naquela mulher da *alta sociedade,* todas as cenas de vício que ela vivenciara subiam como fumaça malcheirosa à sua cabeça, e ela então via o mundo inteiro tão plano quanto fora outrora sua cama de prostituta após a partida do último cliente.

Filosofando, com uma voz um pouco lenta que desejava ser ouvida, Jacques ia e voltava, organizando as armas das panóplias que não tinham sido colocadas no lugar. Encostou todas as poltronas contra as paredes, como se o espaço não fosse suficiente para exibir seu orgulho como novo proprietário.

Os cavaletes de madeira de ébano foram alinhados no canto onde se erguia, sobre uma base de bronze, uma belíssima Vênus de Milo. Ele quis contar os bustos e os colocou aos pés da deusa, como se empilhasse vasos de flores na jardineira de uma modista. De vez em quando, soltava um gritinho de prazer, acariciando os vasos de cerâmica e as folhas brilhantes da palmeira que emergia de um sofá, no centro do ateliê. Experimentou até mesmo os bancos em cima do carpete; ele os testava com socos ou os lançava ao teto.

A vidraça dava para a área mais aberta do Boulevard Montparnasse, em frente à Notre-Dame-des-Champs. Estava coberta por um dossel de cetim cinza, sobreposto com veludo preto bordado em ouro. Todas as tapeçarias evocavam essas nuances e os cortinados egípcios com motivos estranhos e muito vívidos se destacavam maravilhosamente sobre aquele cinza de nuvem primaveril.

Depois de uma hora, o ateliê quase lembrava o sótão da Rue de la Lune, sem as manchas de graxa e as cadeiras gastas; mas era possível sentir que esses complementos não demorariam muito para aparecer ali. Marie decidiu que seriam colocados dois catres de ferro na sala dos modelos, pois o ateliê tinha formato de semicírculo coberto por cortinas compridas, com um biombo japonês, laqueado de rosa e azul, separando-as do resto do cômodo. Fariam a higiene como pudessem, depois enrolariam as duas gaiolas sob o biombo. Ela até pensou em usar uma grande escarradeira de cobre acinzentado como recipiente para lixo. Eles nem pensaram em levantar as cortinas, presumindo que fizessem parte dos enfeites junto com os troféus de armas antigas.

— *Lavaremos* essas panelas aqui — disse Marie, focada no assunto — para termos panelas econômicas. Eu adoro cozinhar no *bafo* — ela se referia aos capacetes romanos que seu irmão usava de vez em quando.

— Sim, sim — respondeu Jacques, parado em frente ao espelho que refletia, multiplicados, todos os esplendores do seu paraíso —, faça o que quiser, sem se cansar. Seria muito estúpido ficar com febre aqui novamente... não temos tempo para isso agora. Sinta-se em casa, relaxe no sofá e coma algo. Agora sou o chefe, não sou? Mas depois vamos ter que trabalhar. As flores enferrujaram meus dedos. Terei que me livrar da ferrugem rapidamente. E depois... farei o retrato da tia, o retrato das criadas dela, como ela quiser. Não sou ingrato... eu me sacrificaria por aquela mulher... não existe um Deus bom, ela que é boa. Aliás, nosso relógio vai bater, cuidado!

O relógio, representando um farol encimado por uma bola luminosa, bateu seis horas e, de repente, a bola pegou fogo, um fogo opalino que permitia ver tudo num delicioso crepúsculo.

— Não é possível! — exclamou Jacques, atordoado com aquela nova metamorfose. — Bem na hora de acender a luz, ela acende sozinha. Começo a acreditar que estamos numa peça do Théâtre du Châtelet.

— Ela não tem nada de vício! — murmurou Marie Silvert, respondendo às suas ideias malucas.

— A luz do relógio? — indagou Jacques, com a ingenuidade de uma criança.

O fato é que a luz não se apagou e, viciado, o pêndulo se expandiu. As cortinas se afogaram em um tom vago e iridescente, cheio de mistérios encantadores. Era possível ver as miniaturas de chineses erguendo as pernas com suas calças estufadas, as ninfas de terracota precipitavam-se numa espécie de vapor flutuante, esquivo, curvando os braços vivos, lançando sorrisos humanos, e os manequins faziam gestos brutais em direção à casta túnica da Vênus imperial.

— Olhe, ainda tenho quarenta centavos. Vou buscar um litro de vinho e um pouco de queijo italiano. Tudo bem?

— Claro, estou morrendo de fome!

Jacques, no seu entusiasmo, empurrou-a para a porta e logo os passos da irmã se distanciaram na escada.

Ele se jogou novamente no grande divã, atrás do relógio. Passado um minuto, seu corpo estava todo arrepiado pelo desejo da seda, daquela seda espessa como lã, que cobria a maioria dos móveis do ateliê. Ele se deleitou, beijando os pompons e os capitéis, apertando o encosto, esfregando a testa nas almofadas, seguindo com o dedo seus desenhos árabes, louco como uma noiva na presença de seu enxoval, lambendo até as argolas através das franjas multicoloridas.

Ele teria esquecido o jantar se uma mão não tivesse interferido, autoritária, em seu acesso de felicidade e o repreendido. Ele deu um pulo, tremendo ao ouvir os ácidos sarcasmos de Marie, a eternamente insatisfeita. Então ele reconheceu a srta. Vénérande.

Ela entrou sem fazer barulho e provavelmente vinha surpreender o artista em plena admiração, diante do pedestal de uma estátua. Podia até supor que o pincel já estaria molhado, a tela úmida, a composição preparada... encontrou uma criança brincando de palhaço. Aquilo, em princípio, a entristeceu... depois, ela riu e admitiu para si mesma que aquilo era o esperado.

— Vamos — ela disse com uma entonação de dona de casa dando uma ordem. — Vamos, tente ser um homem razoável, meu pobre Silvert. Estou aqui para ajudá-lo, acho que você não tem nenhum problema com isso.

Ela o examinou.

— Bem, e sua roupa de trabalho? Esperava que você pudesse se arrumar sozinho.

— Ah! Senhorita, minha querida benfeitora — seguindo os conselhos de Marie, o jovem levantou-se e passou os dedos pelos cabelos —, este dia solene determina minha existência; devo-lhe a glória, a fortuna...

Ele ficou sem palavras, intimidado pelos olhos negros, magníficos e fulgurantes de Raoule.

— Sr. Silvert — continuou ela, imitando sua apresentação teatral —, você é um brincalhão, essa é a minha opinião. Você não me deve nada, mas não tem um pingo de bom senso. Você está condenado, temo, a pequenas ovelhas muito rígidas em prados que são muito tenros. Sou um ano mais velha que você, enquanto você torce uma peônia, já consigo pintar com mais talento. Posso, portanto, permitir-me uma crítica virulenta às suas obras.

Ela o agarrou pelo ombro e o levou pelo ateliê.

— É assim que você arruma sua bagunça? Onde está seu senso de beleza, hein? Responda... quero estrangular você.

Raoule jogou o casaco sobre uma poltrona e apareceu, esbelta, com um coque torcido, bem alto, e um vestido justo preto de cauda esvoaçante, todo enfeitado com detalhes dourados. Nenhuma joia, desta vez, brilhou para alegrar o traje quase masculino. Usava apenas um anel de camafeu no dedo anelar esquerdo, com duas garras de leão.

Quando a jovem agarrou a mão de Jacques novamente, ela o arranhou. Um sentimento de terror o invadiu à sua revelia. Aquela criatura era o diabo.

Ela começou a mover os objetos de forma cínica. Jacques, escandalizado, fez uma careta! As ninfas se apoiaram nas costas dos sátiros chineses, os chapéus cobriram os bustos, os espelhos se inclinaram refletindo o teto, os bancos rolaram nos suportes esguios dos cavaletes e os troféus assumiram poses fanfarronas.

"Estamos perdidos", pensou o florista da Rue de la Lune.

— Agora, venha! Você terá que se vestir sozinho e duvido que consiga.

Raoule zombou, dizendo a si mesma que nada ficaria bom naquele rapaz corpulento.

Uma porta se abriu. Jacques soltou uma exclamação.

— Ah! Entendo, você não tem a menor ideia do que é um quarto: está além da sua capacidade de compreensão.

Ela acendeu uma das velas de cera que enfeitavam os candelabros e o precedeu até uma sala decorada em azul claro. Havia uma cama de dossel cujas cortinas venezianas, em tons de prata, eram bordadas com pontos de Flandres. Raoule simplesmente mandou que os tapeceiros usassem os restos de seu próprio quarto de verão. Um lavabo com uma banheira de mármore vermelho ficava ao lado do quarto.

— Entre, conversaremos pela portinhola.

De fato, conversaram, cada um de um lado da cortina do lavabo, ele se debatendo na água gelada, pois o banho tinha sido preparado antes da chegada deles; ela, rindo das idiotices dele.

— Mas lembre-se de que sou um menino — disse ela —, um artista que minha tia chama de *sobrinho*... e que ajudo Jacques Silvert como um amigo de infância... pronto, acabou? Tem um perfume acima da banheira, um pente próximo a ele. Esse menino não é divertido? Meu Deus, como ele é engraçado!

Jacques estava inseguro. Afinal, o mundo dos adultos deveria ser mais livre do que o que ele conhecia.

E, tomando coragem, ele fez alguns comentários maliciosos, perguntando se ela não estava olhando para ele, porque isso o deixaria sem graça, naturalmente...

O rapaz fez algumas confidências a ela, contando como seu pobre pai morreu em uma máquina em Lille, sua cidade natal, um dia que bebeu mais do que devia; como sua mãe os expulsou de casa para ficar com outro homem. Eles partiram muito jovens, irmão e irmã, para Paris. A pobre irmã já sabia tanto! Tinham ganhado seu mísero pão duro... Ele não falou das devassidões de Marie, mas começou a zombar para afastar uma tristeza que apertava seu peito. Eles recebiam esmolas... como ele poderia reconhecer? Pobre garoto! Era realmente humilhante, e ele esqueceu o passado duvidoso de Marie enquanto contemplava, sob os reflexos da água, o arranhão que o anel lhe causara.

De repente, houve um estrondo na banheira.

— Chega! — declarou ele, subitamente perturbado pela vergonha de dever a ela a higiene do seu corpo.

Procurou uma toalha e ficou pingando com os braços para cima. Percebeu que a cortina estava franzida.

— Sabe, *senhor* Vénérande — disse Jacques mal-humorado —, mesmo entre homens não é apropriado... Veja! Pergunto-me se ficaria feliz em estar no meu lugar.

E ele pensou que a mulher queria de fato ser atacada.

— Ela se sentiria muito presa — acrescentou, com os sentidos apaziguados pelo frescor do banho, e vestiu um roupão.

Sentada no chão, atrás da cortina, a srta. Vénérande o observava sem ser incomodada. O brilho ameno das velas caía suavemente sobre a pele clara do rapaz, macia como um pêssego. Ele estava de frente para o fundo do lavabo e desempenhava o papel principal em uma das cenas de Voltaire, contada em detalhes por uma cortesã chamada Boca Vermelha.

Digna da Vênus Calipígia,[3] a curva das costas, onde a linha da coluna dorsal recuava para um plano voluptuoso e se erguia, firme, rechonchuda, em dois contornos adoráveis, tinha o aspecto de uma esfera de Paros com as transparências do âmbar. As coxas, um pouco menos fortes que as de uma mulher, tinham, no entanto, uma espessura sólida que escondia o sexo. As panturrilhas torneadas pareciam elevar todo o busto, e a impertinência de um corpo que parecia ignorar a si mesmo era ainda mais atraente. O calcanhar, arqueado, só tocava o chão num ponto imperceptível, de tão redondo que era.

---

3 "Vênus das belas nádegas", em grego, representada erguendo sua túnica para admirar seus glúteos no reflexo das águas. (N.T.)

Nos braços estendidos, os cotovelos pareciam duas cavidades rosadas. Entre o corte da axila, e bem mais abaixo desse corte, projetavam-se alguns cachos dourados desgrenhados. Jacques Silvert dizia a verdade, ele tinha pelos em todo lugar. Ele teria se enganado, por exemplo, em jurar que isso sozinho fosse prova de sua virilidade.

A srta. Vénérande voltou para a cama; suas mãos aflitas apertavam os lençóis; ela rugia como as panteras que acabam de ser castigadas pelo chicote flexível do domador:

— Poema assustador da nudez humana, finalmente compreendi você, eu que tremo pela primeira vez ao tentar lê-lo com olhos *blasés*. O homem! Eis o homem! Não Sócrates e a grandeza da sabedoria, não o Cristo e a majestade da devoção, não Rafael e o fulgor do gênio, mas um pobre despojado de seus farrapos, a epiderme de um plebeu. Ele é belo, tenho medo. Ele é indiferente, estremeço. Ele é desprezível, eu o admiro! E aquele que está ali, como uma criança em fraldas emprestadas por uma segunda, cercado de chocalhos que meu capricho logo retirará, farei dele meu mestre e ele torcerá minha alma sob seu corpo. Eu o comprei, eu lhe pertenço. Sou eu quem está vendida. Sinta, você me devolve um coração! Ah, demônio do amor, você me fez prisioneira, libertando-me das correntes e me deixando mais livre do que meu carcereiro. Eu acreditei que o havia capturado, mas ele se apoderou de mim. Eu ri do amor à primeira vista e agora estou fulminada... E desde quando Raoule de Vénérande, que permanece impassível diante de uma orgia, sente seu crânio ferver diante de um homem frágil como uma garota?

Ela repetiu estas palavras: uma garota!

Em pânico, ela saltou de volta para a porta do lavabo.

— Uma garota! Não, não... ciúme, brutalidade, estúpida embriaguez e esquecimento... Não, não, que o meu coração invulnerável não participe deste sacrifício da matéria! Que antes de ter gostado, que tenha me enojado! Que ele seja o que os outros foram, um instrumento que eu possa quebrar antes de me tornar o eco de suas vibrações!

Ela afastou a cortina com um movimento imperioso. Jacques Silvert mal havia terminado de limpar o corpo.

— Criança, você sabe que é maravilhosa? — ela disse com franqueza cínica.

O jovem soltou um grito de espanto, puxando seu roupão para cima. Então, consternado, pálido de vergonha, ele o deixou cair passivamente, pois compreendeu, o pobre. Imaginou sua irmã rindo, aparecendo em um canto e dizendo: "Vá lá, idiota, você que se imaginava um artista. Vá, brinquedo de contrabando, vá, passatempo de alcova, faça o seu trabalho".

A mulher tirou-o dos seus feixes de flores falsas como se tira das flores verdadeiras o curioso inseto que se quer colocar, como joia, num enfeite.

"Vá, então, verme! Não se é camarada de uma moça nobre. As depravadas sabem escolher!"

Jacques parecia ouvir todos esses insultos sussurrados em seu ouvido rubro, e sua palidez de virgem assumia o mesmo rubor, enquanto os dois botões de seus seios, avivados pela água, destacavam-se, semelhantes a dois botões de bengala.[4]

— Antínoo é um dos seus ancestrais, certo? — murmurou Raoule, colocando os braços em volta do pescoço do rapaz, e, forçada pela alta estatura dele, precisou apoiar-se em seus ombros.

— Nem sei quem é! — respondeu o jovem humilhado, baixando a cabeça.

Ah! A madeira extraída para as casas ricas, as migalhas de pão recolhidas nos leitos dos riachos, toda a sua miséria corajosamente suportada apesar dos conselhos pérfidos da irmã, sua jovem irmã! O papel de operário desempenhado por meio da arte, as ferramentas ridículas que cansavam o destino com sua perseverança, onde estava tudo aquilo? E como tudo aquilo era melhor!

---

4   Abotoaduras em forma de gancho, originárias de Bengala (Índia). (N.E.)

A honestidade não o sufocava, mas bem que poderia ter sido bom até o fim, mantendo sua ilusão e oferecendo tempo para juntar uma fortuna um dia...

— Você vai me amar, Jacques? — perguntou Raoule, estremecendo ao contato daquele corpo nu que o horror da queda gelava até a medula.

Jacques se ajoelhou na cauda do vestido dela. Seus dentes batiam. Então, ele começou a chorar.

Jacques era filho de um bêbado e de uma prostituta. Sua honra estava perdida.

A srta. Vénérande ergueu a cabeça dele; ela viu as lágrimas ardentes rolarem no rosto de Jacques, sentiu-as caírem uma a uma sobre o coração dele, o coração que ela queria renegar. De repente, o quarto parecia cheio de luz, e parecia que se respirava um perfume delicioso, lançado de repente na atmosfera encantada. Seu ser expandido, imenso, abrangendo ao mesmo tempo todas as sensações terrenas, todas as aspirações celestes, e Raoule, entregue, orgulhosa, gritou:

— Levante-se, Jacques, levante-se! Eu o amo!

Empurrou-o para longe, correu até a porta do ateliê e repetiu:

— Eu o amo! Eu o amo!

Ela se virou novamente:

— Jacques, você é o mestre aqui... estou indo embora! Adeus para sempre. Você não vai me ver de novo! Suas lágrimas me purificaram e meu amor vale seu perdão.

Ela fugiu, louca de uma alegria atroz, mais voluptuosa que o prazer carnal, mais dolorosa que o desejo insatisfeito, mas mais completa que o gozo; louca daquela alegria chamada emoção de um primeiro amor.

— É — Marie Silvert disse calmamente após sua partida —, parece que o peixe mordeu... Tudo vai dar certo, em nome de Deus!

CAPÍTULO IV

66

MARIE TINHA TUDO SOB CONTROLE, ESTAVA CONVENCIDA AGORA DE QUE AQUELA LOUCA NÃO RESISTIRIA, QUE VOLTARIA PARA ELES MAIS OBEDIENTE, MAIS PROTETORA, MAIS ABASTADA, ENFIM, SEGUNDO SUA EXPRESSÃO SUBURBANA, e então novas magnificências viriam em cascata. Sangue de Jesus! Os milhões se aglutinariam ao redor do rapaz como o caldo de um ensopado; ele usaria roupas de casamento todos os dias, ela arrastaria, em suas cozinhas nauseabundas, vestidos listrados. Ele seria senhor, ela, senhora!

A carta continha poucas frases, mas explicava as coisas com bastante clareza:

"Venha", a garota escreveu com erros de ortografia e tinta azul, "venha, querida amada do seu Jacques... estou com saudades... acabaram os 300 francos, e fui obrigado a mandar Marie vender um vaso decorado com uma cobra. É triste se ver abandonado tão rapidamente depois de provar o céu... Você me entende, não é? Acho que vou ficar doente. Quanto à minha irmã, ela ainda tosse. Seu eterno amor, JACQUES."

Depois de terminar aquela obra-prima, Marie, apesar da expressão contrariada do irmão, partiu para a Avenue des Champs-Élysées. Aquele idiota nunca poderia levar seu papel a sério. Felizmente, ela colocou à disposição dele sua experiência com o corpo humano e sabia, em casos estratégicos, como *fazer cócegas* no lado esquerdo de um apaixonado.

Chovia naquele dia, uma chuva lenta e penetrante de março que encharcava todas as vielas da avenida. Marie quis economizar uma carruagem, então logo ficou encharcada das botas ao chapéu.

Chegando em frente à residência, aquele edifício grande e de aparência sombria, ela se perguntou se não iriam expulsá-la assim que aparecesse na entrada. No topo da escada, encontrou um porteiro alto e um cachorrinho. O primeiro pegou a carta, o segundo rosnou.

— Quer ver a senhorita ou a senhora?
— A senhorita.
— Ei, Pierrot! Parece que uma criada veio encerar a escada — gritou o porteiro para um mordomo minúsculo que passava pela entrada.

Era de fato engraçado; mas o mordomo fez uma careta de um homem feito que acredita que tudo é possível, mesmo em tempo chuvoso.

— Está bem, vou ver. Espere aí.

Ele apontou para um banco. Marie não se sentou e disse rudemente:

— Eu não fico na antecâmara. Está me confundindo com uma antiga faxineira, seu engraçadinho?

O mordomo girou sobre os calcanhares, atordoado, e, como um criado elegante, murmurou:

— Alguém influente! Pois os trajes perdem cada vez mais seu significado sob a república.

A senhorita estava em um budoar adjacente ao seu quarto. Quando a sra. Élisabeth saía, Raoule recebia em seu quarto pessoas de ambos os sexos. O budoar dava para uma estufa, que ela havia transformado em seu escritório. No momento que o mordomo irrompeu, um homem caminhava pela estufa a passos apressados, enquanto a srta. Vénérande, deitada em uma *chaise longue*, balançava-se, rindo às gargalhadas.

— Maldita seja, Raoule — repetiu o homem, ainda jovem, de rosto moreno e eslavo, mas iluminado por uma vivacidade muito parisiense. — Sim! Você me amaldiçoa, admitindo que talvez eu já tenha merecido o céu... Rir não é resposta... Garanto-lhe que mulher nenhuma vive sem amor, e você sabe que por amor quero dizer a união das almas na união dos seres. Sou sincero. Nunca falo uma frase sensata com brandura, como se disfarça um remédio amargo com geleia! Digo isso abruptamente, à maneira dos hussardos, e, quando vejo o abismo, não me furto a dizer com todas as palavras. Ninguém consegue domá-la, Raoule de Vénérande, *meu querido amigo!* Não se case, que assim seja! Mas arrume um amante: é necessário para a sua saúde.

— Bravo, sr. Raittolbe! Aposto que minha saúde só estará realmente garantida se o amante for um oficial dos hussardos, moreno, sincero, de olhar atrevido e tom autoritário, não é?

— Bem, admito, e digo mais... coloco o hussardo em questão à disposição como seu marido... a escolha é sua! Tempo de serviço ou serviços excepcionais! Somos cinco que há três anos a cortejamos enlouquecidamente. O príncipe Otto, o melômano, enlouqueceu e colocou, ao que parece, seu retrato em uma capela, onde velas de cera amarela queimam ao redor de uma cama, e lá suspira do amanhecer ao anoitecer. Flavien, o jornalista, passa a mão trêmula pelos cabelos assim que mencionam seu nome. Hector de Servage, após licença concedida por sua tia, foi à Noruega experimentar refrigerantes. Seu mestre de esgrima quase passou uma de suas melhores espadas pelas costelas. Então, resta aqui seu humilde servo... com a honra de segurar seu estribo para os passeios no bosque, imagino que você me veja com um olhar menos desfavorável, por isso apresento minha candidatura. O que acha, Raoule, de abrigarmos nossa amizade em um quarto de casal? Lá ficaremos mais aquecidos.

Raoule, levantando-se, ia se juntar ao sr. Raittolbe quando o mensageiro entrou.

— Senhorita, aqui está uma carta urgente. — Ela se virou.

— Recebido.

— Você me permite? — ela acrescentou, dirigindo-se ao cavaleiro que estava quebrando uma planta japonesa em pequenos pedaços para tentar aliviar sua raiva. Ele virou as costas, furioso, sem responder. Era a milésima vez que aquela conversa era interrompida no momento mais decisivo.

Raittolbe, pouco paciente, acendeu sorrateiramente um cigarro e defumou todo um canteiro de azaleias, jurando que nunca mais voltaria à casa daquela histérica, pois, segundo suas convicções, só podia ser histérica quem não seguia a lei comum.

Raoule empalideceu com a leitura.

— Meu Deus! — ela sussurrou. — Ele quer dinheiro. Estou perdida! Traga essa pobre criatura — ela continuou em tom descontraído —, quero dar o que ela quer imediatamente.

— Sem me dar a resposta que lhe peço? — o cavaleiro resmungou fora de si.

Silenciosamente, Raoule trancou-o na estufa e voltou a sentar-se, pálida como a morte. Com a testa baixa, ela cravou as unhas compridas no papel coberto com tinta azul.

— Dinheiro! Oh! Não, não vou sucumbir! Vou mandar o que ele quiser, sem querer matá-lo! A culpa é dele? O homem do povo, porque é bonito, também deveria ser abjeto? Vamos! Esse cálice fez bem em se oferecer: não o rejeito... pelo contrário, vou tirar dele vida nova.

A tosse rouca de Marie Silvert a fez erguer a cabeça. Raoule levantou-se de repente, ameaçadora e mais arrogante do que uma deusa falando dos céus.

— Quanto? — ela disse, arrastando a imensa cauda do seu vestido de veludo atrás dela.

A crise de tosse de Marie passou... não esperava por aquela pergunta tão cedo... Diabo! As coisas estavam se complicando... poderiam ter começado mais devagar, com sentimentos, perguntas ternas... um capricho se tempera como um guisado, adicionando a pimenta no último minuto.

— Quer saber? O pequeno está entediado — declarou Marie, com um sorriso cheio de segundas intenções.

— Quanto? — Raoule repetiu, tomada por uma raiva cega, procurando uma faca com os olhos.

— Não se zangue, senhorita, o dinheiro é uma forma de falar na língua dele. Aquela criança gostaria especialmente de vê-la... Ele é um bebê que não sabe das coisas, um bebê chorão, muito sensível! Ele pensa que sua paixão já terminou e o que ele vai fazer? Todos os meus elogios são em vão. Se não a vir de novo, ele vai se matar, tenho um medo terrível disso. Esta manhã, olhando para o copo, me disse que logo se serviria de veneno. Pobre garoto! É de cortar o coração! Na idade dele. E tão loiro! Tão branco! Enfim, você o conhece? Então coloquei minha saia de domingo... Não deixe seu irmão morrer, disse para mim mesma. E aqui estou eu! Por dinheiro, sim, somos pobres, mas temos orgulho. Isso é menos importante!

Ela esfregou o pé no tapete do budoar, sentindo uma alegria íntima ao sujar um pouco *por cima*, e sacudiu o guarda-chuva desbotado, do qual não quis se desfazer.

Raoule caminhou diretamente em direção à felicidade do dia que estava diante dela; com um movimento de mão, ela afastou a garota como quem joga um trapo de lado quando ele está prestes a atingir o rosto.

— Tenho mil francos aqui, vou mandar mais mil esta noite, mas não demore nem mais um segundo, não conheço seu irmão, não sei onde ele mora... você... eu não sei seu nome. Pegue e saia!

Ela colocou as notas em uma poltrona, fazendo sinal para que Marie as pegasse. Então chamou:

— Jeanne — disse Raoule à empregada —, acompanhe a senhora até a porta.

— Ah! Mas... — protestou a florista, atordoada.

Ela foi levada por Jeanne, quase com os braços estendidos. O porteiro a atirou para a avenida e o cachorrinho, descendo os degraus, deu alguns uivos estridentes.

— Você está entediado, barão? — Raoule perguntou, voltando para a estufa sorrindo.

— Senhorita — retrucou Raittolbe no auge da impaciência —, você é um monstro simpático, mas o estudo dos animais selvagens só tem verdadeiros encantos na Argélia... por isso, despeço-me de você esta noite. Amanhã de manhã, partirei para Constantina. Você pode oferecer o estribo a quem quiser. Para mim, chega!

— Ah! Ah! Porém, agora há pouco você parecia me oferecer seu nome!

Raittolbe cerrou os punhos.

— Quando penso que pedi demissão para caçar esse tigre! — ele continuou, sem nem mesmo a ouvir.

— Você me pediu realmente em casamento!

— ... Para caçar o tigre no parque Vénérande, um tigre vestido de amazona...

— ... Sem passar pela minha tia e pelas leis de etiqueta, senhor!

— ... Eu me acho grotesco, senhorita!

— Essa é a minha opinião — acrescentou Raoule filosoficamente.

O Barão de Raittolbe ficou em silêncio. Eles se olharam por um instante e então começaram a rir alto.

Corajoso, o jovem agarrou as mãos da mulher: eles foram se sentar em um sofá na estufa, com uma magnólia atrás de seus ombros.

— Ouça, o amor sincero nunca vai ser grotesco. Raoule, eu a amo de verdade.

Ele se inclinou. Seus olhos, um pouco zombeteiros, encheram-se de uma umidade que era provocada apenas pelo esforço dos músculos do rosto, e não pela ternura com a qual ele falava, então beijou os dedos dela um por um, parando para olhá-la a cada carícia.

— Raoule... meu coração lhe pertence, não vou embora sem resgatá-lo, e como o coloquei bem perto do seu, espero que você esteja errada... Dois corações de menino, dois corações cavaleiros devem ser do mesmo vermelho. Me dê o seu, fique com o meu! Em um mês caçaremos leões juntos na África.

— Aceito... — respondeu Raoule.

E o olhar sombrio, que não sabia chorar, ganhou uma tediosa tristeza.

— Você aceita o quê? — perguntou Raittolbe, com o peito apertado.

A jovem, com suprema dignidade, afastou-lhe as mãos estendidas.

— Tê-lo como amante, meu querido, você não será o primeiro e eu sou *um homem honesto!*

— Eu sabia — respondeu Raittolbe gentilmente. — Acho que agora a venero ainda mais!

À noite, o jovem oficial jantou na Residência Vénérande. Para tia Élisabeth, ele era o mais cortês dos cavaleiros. Ele desenvolveu um discurso inflamado sobre a devoção que cega as mulheres para as misérias humanas e as eleva acima da terra impura. Tia Élisabeth admitiu que os cavaleiros eram bons filhos. Ao se despedir, Raittolbe murmurou no ouvido de Raoule:

— Espero você...

— Amanhã — ela sussurrou —, no Hotel Continental. Meu cupê marrom entrará pela porta esquerda por volta das dez da manhã.

— É o suficiente.

E o homem retirou-se com calma.

No dia seguinte, o cupê marrom foi encomendado por volta das dez horas e Raoule adentrou no veículo com uma alegria febril. Certamente seria assim, ela havia jurado a si mesma, e como *ele* era melhor que os outros, talvez a divertisse mais. Um erro dos sentidos não é o florescimento de uma alma, e a beleza de uma forma humana não é capaz de inspirar o desejo de se apegar a ela por uma eternidade de loucura.

Cantarolou enquanto abotoava as luvas. O vidro do cupê refletia sua imagem, seu corpete com a renda bem ajustada, se sentindo *uma mulher* pronta para o prazer.

— A senhorita quer entrar? — disse o cocheiro, debruçando-se na janela depois de uma rápida viagem.

— Não. Pare! Quando eu descer você entrará pela porta da esquerda e me esperará lá até a noite!

A voz de Raoule tornou-se sibilante. Ela desceu, viu um fiacre estacionado e correu para lá:

— Notre-Dame-des-Champs, Boulevard Montparnasse! — ela disse enquanto o outro veículo, vazio, se dirigia, conforme suas ordens, em direção à porta esquerda.

Durante todo o caminho, ela não havia pensado nisso, e uma vez diante das possibilidades, o corpo, que já não lhe pertencia mais, acabou se revoltando. Raoule cedeu sem qualquer contestação.

O ateliê do Boulevard Montparnasse lhe pareceu sombrio quando chegou, mas ao fundo estava o quarto, azul como o céu. Marie Silvert retirou-se assim que Raoule passou pela soleira.

— Ei — ela disse —, vamos resolver nossos assuntos depois do almoço. Vai fazer calor, garanto, sua doidivanas!

A srta. Vénérande, para se isolar, destrancou as grossas portas.

— Jacques! — ela chamou secamente.

Ele enterrou o rosto no travesseiro, não querendo acreditar nesse excesso de infâmia.

— Não fui eu que escrevi a carta! — ele gritou — Garanto a você, não ousaria fazer isso. Além disso, quero ir embora, estou doente. Estão me deixando doente para me obrigar a ficar nesta cama. Marie é capaz de tudo, eu a conheço! Você! Não suporto você!

Com a energia esgotada, ele deslizou de volta para as profundezas dos cobertores, dobrando-se sobre si mesmo como um animal machucado.

— É verdade? — perguntou Raoule, abalada por um arrepio delicioso.

— Sim, verdade verdadeira.

Ele ergueu a cabeça desgrenhada para a luz, enquanto sua admirável tez loira adquiria um tom rosado.

— Então por que você deixou essa carta ser entregue?

— Eu não sabia! Marie dizia que eu tinha contraído uma doença, *a doença dela*. Ela me deu um remédio e tive delírios todas as noites, ela dizia que era quinino; eu a teria impedido, mas me faltou força. Ah! Pode ficar com esse ateliê de infortúnios! Meu Deus!

Ofegante, ele tentou se sentar, o que fez com que Raoule notasse algo estranho: o rapaz usava uma camisa de mulher, adornada com um babado.

— É ela também quem o arruma assim? — perguntou Raoule, tocando o babado em seu pescoço.

— Você acha que eu tenho roupas? Meus farrapos já se foram há muito tempo. Estava com frio, colaram isso em mim. Vou lá saber se é camisa de mulher!

— É sim, Jacques!

Eles se entreolharam por um momento, perguntando-se se deveriam rir da história.

Marie gritou do fundo do ateliê:

— Coloco dois talheres, certo?

Então, concordando com tudo para apaziguar seu desejo que começava a embriagá-la, Raoule de Vénérande fechou a porta com chave enquanto Jacques finalmente decidia rir sinceramente. Depois ela voltou, hesitante, para a cama. O rapaz tinha uma risada de criança muito doce e absurdamente estúpida, uma risada cheia de encantos, provocativa, que causava arrepios. Raoule não conseguia explicar a força que emanava daquela estupidez. Deixou-se envolver como o afogado é envolvido pela onda após lutar e se entregar para sempre à correnteza. Ela afastou um pouco a cortina azul para iluminar a cabeça do jovem.

— Você está doente? — ela perguntou mecanicamente.

— Não estou mais, desde que te vi! — ele respondeu com ar vitorioso.

— Você quer me agradar, Jacques?

— Todos os prazeres, senhorita!

— Então, cale-se. Não vim aqui para ouvir você.

Ele se calou, bastante constrangido, pensando que o elogio certamente não parecera original para aquela mulher exigente. As mulheres do mundo real são complicadas na intimidade, e, para começar, ele estava titubeando demais, disso ele tinha consciência.

— Vou dormir! — ele declarou de repente, puxando o lençol até o nariz.

— É isso! Durma — murmurou a srta. Vénérande. Na ponta dos pés, ela foi fechar as persianas e depois acendeu um abajur cujo cristal fosco deixou uma nuvem cair na atmosfera.

De vez em quando Jacques abria um pouco os olhos, e ver aquela mulher esbelta, toda de preto, causava-lhe uma confusão atroz.

Finalmente, ela se aproximou segurando uma caixinha na mão.

— Eu trouxe para você — disse ela com um sorriso maternal — um remédio que não lembra em nada o quinino da sua irmã. Você vai dormir mais rápido!

Ela colocou o braço em volta da cabeça dele e uma colher de prata dourada ao alcance da boca.

— Seja bonzinho! — ela disse, mirando os olhos escuros de Jacques.

— Não quero! — ele declarou em tom irritado.

Ele agora se lembrava de ter comprado nas docas, em um dia feliz, um livro barato de vinte e cinco centavos, intitulado *As aventuras de Brinvilliers*, e era sempre com a ideia de envenenamento que ele pensava nos amores das grandes damas. Seu cérebro, um pouco debilitado, reconstituiu imediatamente uma tentativa criminosa feita por um homem com balaclava de veludo contra um senhor. Ele viu o senhor derrubar uma xícara com um gesto estranho. Raoule provavelmente queria se livrar dele, há criaturas que não desistem de nada quando acham que estão comprometidas! Então, Jacques ergueu o punho cerrado, pronto para esmagá-la em seu primeiro movimento ofensivo. Em resposta, Raoule mordeu o conteúdo da colher com os dentes.

— Eu não sou uma criança! — exclamou, desorientado. — Não há necessidade de amolecer minha comida!

E acabou engolindo o remédio esverdeado e com gosto de mel sem piscar. Raoule sentou-se na beira da cama segurando as duas mãos dele e lhe dando um sorriso ao mesmo tempo feliz e de coração partido.

— Meu amor — a srta. Vénérande sussurrou tão baixinho que Jacques ouviu como se estivesse no fundo de um abismo —, vamos pertencer um ao outro num país estranho que você não conhece.

"Este país é o dos loucos, mas não é, no entanto, o dos brutos. Quero libertá-lo das ideias vulgares para lhe oferecer outras mais sutis, mais refinadas. Você verá com meus olhos, provará com meus lábios. Nesse país, sonhamos, e isso basta para existir. Você vai sonhar, e então entenderá tudo o que não compreende quando falo contigo aqui, nesse mistério!

"Vá! Já não posso impedi-lo e entrego meu coração aos seus prazeres!"

Jacques, com a cabeça jogada para trás, tentou recuperar as mãos. Ele pensou que estava rolando, pouco a pouco, numa chuva de penas. As cortinas ganhavam contornos fluidos e os espelhos do quarto, multiplicando-se, refletiam mil vezes a silhueta de uma imensa mulher negra, pairando como um gênio carbonizado sendo atirado do alto dos céus. Ele tensionou todos os seus músculos, enrijeceu todos os seus membros, querendo retornar, relutante, às ideias vulgares que lhe eram retiradas, mas ele afundava cada vez mais. A cama havia sumido, seu corpo também. Girou no azul, transformou-se em um ser semelhante ao gênio flutuante. Em princípio, pensou que estava caindo e, pelo contrário, encontrou-se muito acima do chão. Teve, sem qualquer explicação possível, a mesma sensação de orgulho de Satanás, que, ao cair do Paraíso, ainda assim dominava a terra e tinha, ao mesmo tempo, a testa sob os pés de Deus e os pés na testa dos homens!

Ele parecia viver assim há muitos séculos, com a mulher negra, todo resplandecente de uma nudez luminosa.

Aos seus ouvidos, sussurravam os cantos de um amor estranho, desprovido de sexo e proporcionando todas as volúpias. Ele amava com uma potência terrível e o calor de um sol ardente. Era amado com êxtase assustador e um conhecimento tão requintado que a alegria renascia no momento de se extinguir.

O espaço diante deles se abria infinito, sempre azul, sempre cintilante. Ao longe, uma espécie de animal deitado os contemplava com ar sério.

Jacques Silvert nunca soube, naquele momento de felicidade quase divina, como conseguiu se levantar. Quando acordou, estava de pé, com o calcanhar apoiado no crânio do grande urso que servia de tapete. Seus olhos estavam perdidos num espelho veneziano e o quarto estava bastante silencioso. Atrás da porta, uma voz perguntou:

— Gostaria de jantar, senhorita?

Jacques teria certificado que há menos de um minuto haviam perguntado: "Quer almoçar?".

Vestiu-se às pressas, molhou as têmporas com uma esponja embebida em vinagre e gaguejou:

— Onde ela está? Não quero que ela vá embora!

— Aqui estou, Jacques! — alguém respondeu. — Não o deixei porque você ainda estava delirando.

Raoule apareceu, levantando a cortina que escondia o banheiro. Ela continuava esbelta, muito sombria. Seus dedos prendiam o fecho de um colar em seu pescoço.

— Isso não é verdade? — exclamou Jacques, estremecendo. — Eu não delirei. Eu não sonhei! Por que você está mentindo para mim?

Raoule segurou seus ombros e o fez curvar-se sob uma pressão imperiosa.

— Por que Jacques Silvert se dirige a mim informalmente? Eu permiti que ele fizesse isso?

— Oh! Estou arruinado! — insistiu Jacques tentando se levantar. — Não se zomba de um homem quando ele está doente. Raoule! Não falo mais com você desse jeito... Raoule! Eu a amo! Ah! Acho que vou morrer!

Divagando, perturbado, ele se escondeu nos braços de Raoule.

— Acabou? — acrescentou, chorando. — Acabou completamente?

— Volto a dizer que você... sonhou. Só isso.

E ela o empurrou, entrando no ateliê sem querer ouvir mais nada.

— A senhorita está servida! — declarou Marie Silvert, fazendo uma reverência como se nada surpreendesse aquela garota. Raoule foi até a mesa, sobre a qual fumegava um prato, e colocou, ao lado de um guardanapo enrolado, uma pilha de moedas de ouro.

— Este é o lugar dele, imagino — ela disse em um tom muito calmo e olhando para Marie, que não se encolheu.

— Sim, coloquei vocês um na frente do outro.

— Que bom... — respondeu Raoule com a mesma voz indiferente. — Desejo a *ambos* um bom apetite!

E saiu, calçando a luva novamente.

CAPÍTULO V

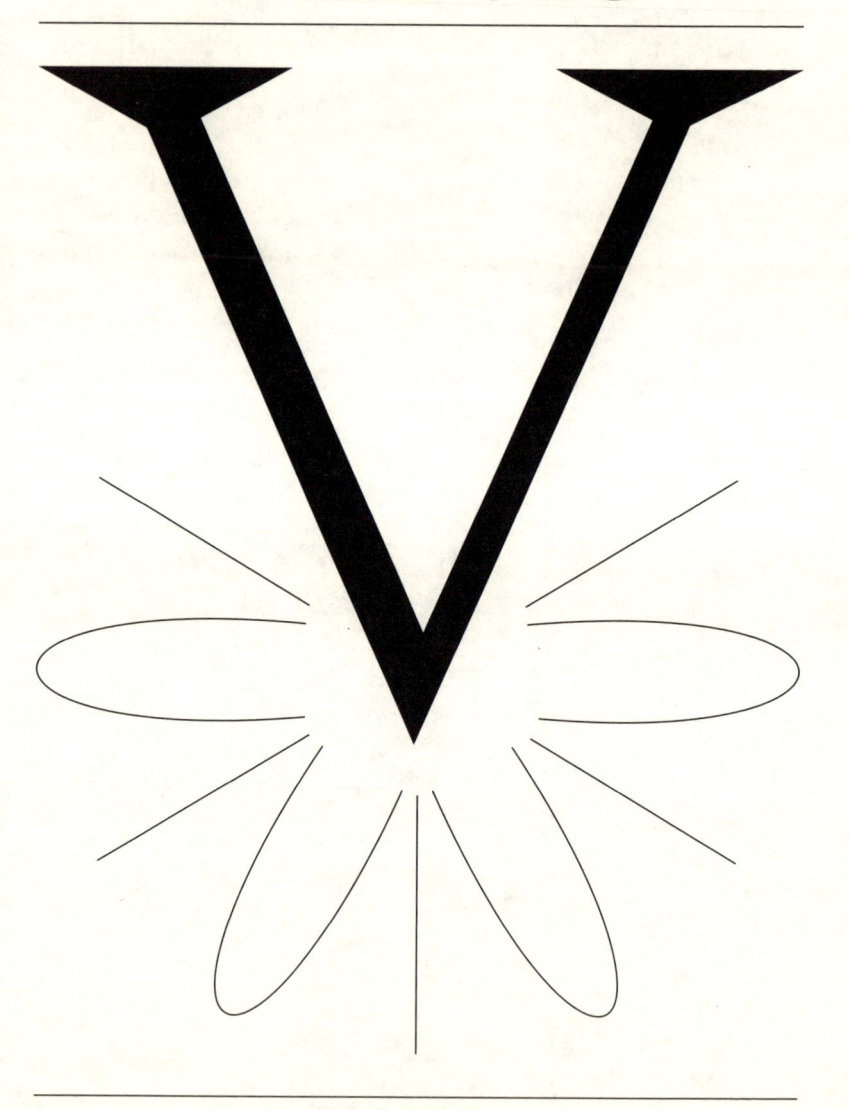

82

RAITTOLBE, FINALMENTE COMPREENDENDO QUE A SRTA. VÉNÉRANDE SIMPLESMENTE ENVIARA UM VEÍCULO VAZIO PARA O ENCONTRO NO HOTEL CONTINENTAL, ESTAVA PRESTES A PARTIR depois de nove horas de espera furiosa quando, pelo lado da porta da direita, um fiacre irrompeu; Raoule desceu com o véu abaixado, um pouco preocupada, tentando ver sem ser vista.

O barão avançou, atordoado com aquela audácia.

— você! — ele exclamou. — É demais para mim! Um carro amarelo em vez de um carro marrom, e pela porta direita em vez da esquerda. O que significa tal logro?

— Nada deveria surpreendê-lo, já que sou uma mulher — respondeu Raoule, rindo alto. — Estou fazendo exatamente o oposto do que prometi. O que poderia ser mais natural?

— Sim, de fato, o que poderia ser mais natural? Tortura-se um pobre pretendente, fazendo-o supor coisas horríveis, como um acidente, uma traição, um arrependimento tardio, uma cena familiar ou uma morte súbita, dizendo com uma voz calma: "O que poderia ser mais natural?". Raoule, você merece a delegacia. Eu, que acreditei que a srta. Vénérande era uma lealdade levada ao extremo da extravagância! Ah, estou furioso!

— Você vai me levar para casa — disse a jovem, sem perder o sorriso. — Jantaremos sem minha tia, que ultimamente está ocupada com uma série de novenas noturnas, e enquanto jantamos eu lhe explicarei.

— Por Deus! Você zombou de mim. Tenho certeza.

— Suba primeiro, juro que depois esclareço tudo, porque mereço minha reputação de lealdade, meu caro. Eu poderia esconder a situação, mas não vou esconder nada de você. Quem sabe! — E a expressão dela era tão amarga que apaziguou Raittolbe. — Quem sabe se minha história não valerá o que você não ganhou hoje!

Ele entrou no cupê marrom, muito mal-humorado, o bigode eriçado, os olhos redondos como um domador intimidado pelo animal domado.

Durante o caminho, ele não iniciou nenhuma conversa; a *história* nem lhe parecia necessária, pois ia jantar sob o mesmo teto de Raoule. Ele sabia que em casa, e não era o único a sabê-lo, a sobrinha da sra. Élisabeth continuava a ser uma virgem incontestável, uma espécie de deusa que se permitia fazer tudo do alto de um pedestal que ninguém ousava derrubar. Então ele foi para a execução sem o menor entusiasmo. Raoule sonhava, com as pálpebras semicerradas, olhando, através da escuridão ao seu redor, para uma coisa muito branca, com os contornos de um corpo humano.

Chegando à sua residência, ela mandou trazer uma mesa posta para sua biblioteca e, enquanto uma estátua de bronze segurava uma lâmpada etrusca, ela se sentou num divã, pedindo ao barão que pegasse para si uma poltrona estofada, tão cortesmente que Raittolbe sentiu-se muito capaz de estrangular seu anfitrião antes de tocar na sopa.

Uma vez que os pratos foram dispostos em duas bandejas aquecidas, Raoule declarou que não precisavam mais do criado.

— Vamos então fazer como na Regência?[5] — disse ela.

— Como você quiser! — rosnou o barão com uma voz baixa.

Um fogo ardente crepitava na lareira da biblioteca, toda revestida de tapeçarias com figuras, transportando seus hóspedes a alguns séculos atrás, à época em que o jantar do rei emergia do solo assim que ele batia no chão com a empunhadura de sua espada. Um painel retratava Henrique III distribuindo flores aos seus queridinhos.[6]

---

5   *"Nous serons Regence"*, no original. A Regência é o período que vai da morte de Luís XIV, em 1715, até a maioridade de seu herdeiro e bisneto, Luís XV, em 1723, período marcado pela licenciosidade moral e de costumes. (N.E.)

6   A figura de Henrique III é recorrente no século XIX, sobretudo no que diz respeito à homossexualidade, como se pode ver nos romances de Jacques d'Adelswärd-Fersen e Han Ryner, por exemplo. Essa anedota sobre o monarca e seus queridinhos (*mignons*, em francês) era comumente empregada como expressão para indicar homossexualidade. (N.E.)

Ao lado de Raoule, erguia-se o busto de um Antínoo coroado de parras, com olhos de esmalte brilhando de desejos.

Ao longo das encadernações escuras de livros empilhados às centenas, flutuavam nomes profanos, Parny, Piron, Voltaire, Boccaccio, Brantôme,[7] e, no centro das obras confessáveis, abriam-se as portas de uma arca incrustada de marfim que escondia, entre as suas prateleiras forradas com veludo roxo, as obras inconfessáveis.

Raoule pegou uma jarra e serviu-se de um copo de água.

— Barão — disse ela com um tom onde tremulavam ao mesmo tempo uma alegria forçada e uma paixão contida —, vou me embriagar, aviso-lhe, porque minha narrativa não pode ser feita de maneira razoável, você não a entenderia!

— Ah! Tudo bem! — murmurou Raittolbe. — Vou tentar me manter sóbrio!

E esvaziou uma garrafa de Sauterne numa tigela cinzelada. Eles se examinaram por um momento. Para não explodir de raiva, Raittolbe foi obrigado a dizer a si mesmo que a srta. Vénérande tinha a mais bela máscara de Diana, a Caçadora.

Quanto a Raoule, ela não via seu interlocutor. A embriaguez da qual ela falava já enchia seus olhos, injetados de ouro.

— Barão — disse ela abruptamente —, *estou apaixonado*!

Raittolbe deu um salto, pousou seu cálice sobre a mesa e respondeu com um tom sufocado:

— Safo! Bem... — acrescentou ele com um gesto irônico. — Eu suspeitava. Continue, *senhor* Vénérande, continue, *meu caro amigo*!

Raoule tinha um sorriso desdenhoso nos cantos dos lábios.

---

[7] Os escritores mencionados, de diversas épocas e expressões literárias, são autores de obras licenciosas. (N.E.)

— Você está enganado, sr. Raittolbe. Ser Safo seria ser como qualquer pessoa! Minha educação me proíbe de cometer os pecados e os defeitos das prostitutas. Imagino que você me coloque acima do nível dos amores vulgares. Como pode supor que sou capaz de tais fraquezas? Fale sem se preocupar com as convenções, estou na minha casa.

O ex-oficial dos hussardos tentava torcer o garfo. Ele podia ver claramente que, de fato, havia caído de cabeça no covil da esfinge. Ele se curvou, sério.

— Onde diabos estava minha mente? Ah, senhorita, me perdoe! Esqueci o *homo sum* da Messalina![8]

— É certo, barão — continuou Raoule, encolhendo os ombros —, que tive amantes. Amantes na minha vida como se fossem livros na minha biblioteca, para conhecer, estudar... Mas não tive paixão, não escrevi meu próprio livro! Sempre me vi sozinha, mesmo sendo dois. Não somos fracos quando permanecemos senhores de nós mesmos em meio aos prazeres mais entorpecentes.

"Para apresentar meu tema psicológico sob uma luz mais... Luís XV, direi que, tendo lido muito, estudado muito, pude me convencer da pouca profundidade de meus autores, clássicos ou não!

"Agora, meu coração, este sábio orgulhoso, quer encenar seu pequeno *Fausto*... ele deseja rejuvenescer, não pelo seu sangue, mas por essa velha coisa que chamamos de amor!"

— Bravo! — disse Raittolbe, convencido de que iria testemunhar uma evocação mágica e ver uma bruxa saindo de um baú misterioso. — Bravo! Vou lhe ajudar, se puder! Estou à disposição a qualquer hora, você sabe! Também eu estou cansado desse eterno refrão que acom-

---

8 A expressão *homo sum* tem sua origem na VI sátira de Juvenal e significa "sou homem", no sentido de ser humano, expressando a ideia de estar sujeito às fraquezas de nossa espécie. (N.E.)

panha convenções muito desgastadas. Meu pequeno Fausto, eu brindo a uma nova invenção e peço para pagar a patente. Céus! Um amor totalmente novo! Isso é um amor que me agrada! No entanto, uma simples reflexão, Fausto. Parece-me que cada mulher, em seus primeiros momentos, deve pensar que acabou de criar o amor, porque o amor só é antigo para nós, os filósofos! Ainda não o é para as jovens donzelas! Não é? Sejamos lógicos!

Ela fez um movimento de impaciência.

— Eu represento aqui — disse ela, retirando uma tigela de lagostins do fogão — as mulheres da elite do nosso tempo. Uma amostra da artista e da grande dama feminina, uma daquelas criaturas que se revoltam com a ideia de perpetuar uma raça empobrecida ou de dar um prazer que não vão partilhar. Bem! Chego ao seu tribunal, delegada pelas minhas irmãs, para declarar que todos desejamos o impossível, porque vocês não sabem nos amar.

— Tem a palavra, meu caro advogado — disse Raittolbe, animando-se sem rir. — Só declaro que não quero ser juiz e júri. Então coloque seu discurso na terceira pessoa: *Eles não sabem nos amar...*

— Sim — continuou Raoule —, brutalidade ou impotência. Este é o dilema. Os brutais exasperam, os impotentes se degradam, e *eles* estão tão ansiosos por desfrutar que *eles* se esquecem de dar a nós, suas vítimas, o único afrodisíaco que pode fazê-los felizes ao nos fazer felizes: o *Amor*!

— Ora! — interrompeu Raittolbe, arqueando a sobrancelha. — O amor afrodisíaco pelo amor! Que bonito! Eu aprovo... o tribunal está de acordo!

— Antigamente — continuou o réu impiedoso — o vício era sagrado porque as pessoas eram fortes. No nosso século, é vergonhoso porque ele nasce do nosso esgotamento. Se alguém fosse forte e, além disso, tivesse ressentimentos contra a virtude, seria permitido ser perverso, tornando-se criativo, por exemplo. Safo não era apenas uma *garota*, ela era a guardiã de uma chama ardente. Eu, se criasse uma nova depravação, seria a guia, enquanto meus imitadores chafurdariam, depois do meu domínio, em um pântano nauseante... Não vos parece que os homens orgulhosos, ao copiarem Satanás, são muito mais culpados do que o próprio Satanás que inventou o orgulho? Satanás não é digno de respeito por sua própria culpa, sem precedentes e originária de uma reflexão divina?

Raoule, superexcitada por uma emoção pungente, levantou-se, com o copo cheio de água na mão. Ela parecia estar brindando à figura de Antínoo inclinada sobre ela.

Raittolbe também se levantou, enchendo sua taça com champanhe gelado. Mais emocionado do que costuma ficar um oficial após o décimo drinque, mas mais cortês do que um libertino ficaria em tal situação, ele exclamou:

— A Raoule de Vénérande, o Cristóvão Colombo do amor moderno!

Então, sentando-se novamente:

— Advogado, vá direto ao ponto, porque sei que você está *apaixonado*, e não sei por que me traiu!

Raoule continuou em tom de sofrimento:

— Perdidamente apaixonado! Sim! Já pretendo erigir um altar à minha musa, mesmo com a convicção de jamais ser correspondido! Que desgraça! Uma paixão contra a ordem natural que é, ao mesmo tempo, um amor real pode se tornar algo além de um terrível desvario?

— Raoule — disse o Barão de Raittolbe efusivamente —, estou convencido de que você está louca. Mas espero curá-la. Conte-me o resto e me ensine como, sem imitar Safo, você está *apaixonado* por uma bela garota?

O rosto pálido de Raoule inflamou-se.

— Estou *apaixonado* por um homem, e não por uma mulher! — ela respondeu, enquanto seus olhos sombrios se desviavam dos olhos brilhantes de Antínoo. — Não fui amada o suficiente para desejar reproduzir um ser à imagem do marido... e não me proporcionaram prazeres suficientes para que meu cérebro não tivesse tempo para procurar algo melhor. Quis o *impossível*... eu o possuo... ou melhor, não, nunca o possuirei!

Uma lágrima, cuja umidade clara deveria ter roubado alguns brilhos dos Édens de outrora, escorreu pela bochecha de Raoule. Raittolbe abriu os braços e os agitou em sinal de completo desespero.

— Ela está *apaixonado* por um... homem... ho-mem! Deuses imortais! — ele exclamou. — Tenham pena de mim! Acho que meu cérebro vai se esfacelar!

Houve um momento de silêncio; então, bem devagar, com naturalidade, Raoule lhe contou sobre seu primeiro encontro com Jacques Silvert. Ela descreveu como a atração inicial se transformou em uma paixão avassaladora, e como ela acabou comprando alguém que desprezava como homem, mas cuja *beleza* idolatrava. (Ela dizia *beleza* pois não podia dizer *mulher*.)

— Pode existir um homem deste calibre? — gaguejou o barão, atônito, arrastado para uma região desconhecida onde a inversão parecia ser o único regime aceito.

— Ele existe, meu amigo, e não é nem hermafrodita, nem mesmo impotente, é um belo homem de vinte e um anos cuja alma com seus instintos femininos está no envelope errado.

— Acredito em você, Raoule, acredito em você! E você não será amante dele? — perguntou novamente o *bon vivant*, convencido de que a aventura não deveria ter outro desfecho.

— Sim, serei amante dele — respondeu a srta. Vénérande, que bebia água e esfarelava *macarons*.

Raittolbe, desta vez, caiu na gargalhada.

— ... O processo pelo qual estou disposto a pagar a patente! — ele disse.

Um olhar severo o deteve.

— Você já negou a existência dos mártires cristãos, Raittolbe?

— Bem, não! Sempre tive mais o que fazer, minha cara Raoule!

— Você nega a vocação de uma virgem que veste o hábito?

— Eu encaro os fatos. Tenho uma prima encantadora nas Carmelitas de Moulins.

— Você nega a possibilidade de ser fiel a uma esposa infiel?

— Para mim, sim, para um dos meus melhores camaradas, não! Ah! Então esta jarra de água está encantada? Você me assusta com suas perguntas.

— Pois bem, meu caro barão, amarei Jacques como um noivo ama sem esperança uma noiva morta!

Eles haviam terminado o jantar. Afastaram a mesa, que um criado veio retirar discretamente; depois, lado a lado, estenderam-se no sofá, cada um com um cigarro na boca.

Raittolbe não pensou no vestido de Raoule, e Raoule nem se importou com o bigode do jovem oficial.

— Então você vai sustentá-lo? — perguntou o barão com muita desenvoltura.

— A ponto de me arruinar! Quero que *ela* seja feliz como a *afilhada* de um rei!

— Vamos tentar nos acertar! Se sou o principal confidente, meu querido amigo, vamos escolher *ele* ou *ela*, para que eu não perca o mínimo de bom senso que me resta.

— Que seja: *ela*.

— E a irmã?

— Uma criada, nada mais!

— Se a antiga florista tinha romances, *ela* poderá ter novos?

— ... Haxixe...

— Complicado. E se o haxixe não bastasse?

— Eu a mataria!

Depois dessa fala, Raittolbe pegou um livro ao acaso e sentiu a estranha vontade de lê-lo em voz alta para si mesmo. De repente, com a ajuda do champanhe, pareceu ver Raoule, vestida com o gibão de Henrique III, oferecendo uma rosa a Antínoo. Seus ouvidos zumbiam, suas têmporas latejavam; então, com os olhos fixos nas linhas que se moviam diante de si, ele começou a dizer coisas monstruosas que fariam os cabelos de todos os oficiais da França se arrepiarem.

— Cale-se! — sussurrou a srta. Vénérande, em um tom sonhador. — Deixe-me ter a pureza dos meus pensamentos quando penso *nela*!

Raittolbe se mexeu desconfortavelmente. Ele apertou a mão de Raoule.

— Adeus — ele disse baixinho. — Se eu não tiver queimado os miolos até amanhã, vamos vê-la juntos.

— Sua amizade vai vencer, meu amigo. No fim das contas, ninguém pode amar Raoule de Vénérande com paixão!

— É verdade! — retrucou Raittolbe.

E ele saiu muito rápido porque a tontura tomou conta de sua imaginação.

Antes de voltar para o quarto, Raoule foi ao quarto da tia. Essa última, curvada sobre um genuflexório monumental, recitava a oração da Virgem:

— Lembra-te, ó dulcíssima Virgem Maria, que nunca ouvimos dizer que algum daqueles que recorreram a ti tenha sido abandonado...

"Alguém já lhe pediu a graça de mudar de sexo?", pensou a jovem, beijando a velha devota e suspirando.

CAPÍTULO VI

94

A APRESENTAÇÃO ACONTECEU DIANTE DE UM CAVALETE QUE SUSTENTAVA O CONTORNO DE UM GRANDE BUQUÊ DE MIOSÓTIS. JACQUES ESTAVA COM SEU TRAJE DE TRABALHO: CALÇA LARGA E CASACO DE LÃ BRANCA.

Ele havia feito para si uma gravata de seda, arrancando um dos prendedores das cortinas, e, com as bochechas frescas e os olhos claros, ficou ali parado, muito confuso com a visita. Os sonhos fantásticos do haxixe, juntamente com sua estrutura rudimentar, o envolveram em um pudor constrangido, em um embaraço consigo mesmo que se revelava em cada um de seus movimentos. Pela languidez de sua pose, adivinhava-se que esses sonhos assombravam seu cérebro, deixando-o incerto sobre a realidade da existência mágica que o obrigavam a levar.

Raoule, com desdém, bateu-lhe no ombro.

— Jacques — disse ela —, deixe-me apresentá-lo a um de meus amigos. Ele adora bons desenhos, você pode mostrar os seus para ele.

Raittolbe, enfiado em um traje de montaria, usando uma gola alta rígida, bufava de má vontade. Ao entrar, ele dissera: "Peste!", devido à suntuosidade do apartamento.

— Sim — murmurou ele, agora chocado com a beleza excessivamente realista do florista —, eu também desenhei, mas em mapas topográficos! O senhor é pintor de flores?

Jacques, cada vez mais perturbado, lançou um olhar de censura à srta. Vénérande.

— Eu pinto ovelhas, devo mostrá-las? — ele perguntou sem responder diretamente ao barão, cujo chicote o incomodava. Essa submissão inesperada fez Raoule estremecer todo o corpo. Ela só conseguiu concordar com a cabeça. Enquanto ele foi buscar as caixas, Marie Silvert, vestida com uma saia de babados, com expressão altiva e cínica, entrou pela porta do quarto. Ela usava nos dedos anéis de crisocola adornados com pedras falsas. Parou diante de Raittolbe e, esquecendo a presença sagrada da dona da casa, exclamou:

— Meu Deus! Que rapaz chique!

Jacques deu risada, o barão abriu a boca perplexo e Raoule lançou um olhar terrível.

— Minha cara, você faria bem em guardar para si sua admiração — declarou o ex-oficial, apontando para Jacques. — Há pessoas aqui a quem isso pode não cair bem!

Essa piada de gosto duvidoso era para o irmão, mas a irmã achou que tinha sido dirigida a Raoule.

Marie Silvert se mostrou muito modesta, alegando que não tinha sido educada pelas agostinianas em meio à elite.

— É necessário providenciar — disse Raoule, altiva —, agora que você está melhor, um quarto ao lado do ateliê. Será mais conveniente para... Jacques!

— A senhorita será atendida imediatamente. Sei muito bem que uma criada não está no lugar dela com os burgueses. Aluguei, ontem, um quartinho no corredor e lá coloquei uma cama de ferro.

Jacques não ouviu. Ele estava desenganchando o quadro das ovelhas, e a moça se retirou para trás, repetindo baixinho:

— Que rapaz bonito! Meu Deus, que rapaz bonito!

Com o incidente encerrado, a atenção se voltou para os desenhos do jovem artista. Com um tom indiferente, Raoule contou como havia descoberto que Jacques tinha muito talento; com algumas horas de estudo no Louvre, aulas particulares, uma tranquilidade solene naquele bairro distante, ele faria maravilhas e poderia então concorrer ao prêmio do Salão de Paris. Jacques sorriu com seus dentes deslumbrantes. Ah, sim, aquela era uma ambição nobre, o prêmio! Graças à benfeitora Raoule, Jacques, o pobre operário ainda sem trabalho, ficaria famoso!

Jacques falava devagar, querendo provar a Raoule que sabia tratar bem seu convidado. De vez em quando ele se voltava para Raittolbe e dizia um "Não é mesmo, senhor?" tão tímido que, apesar de enojado ao chegar, o barão acabou sentindo imensa compaixão por aquela p..., travestida.

Raoule, sentada em uma *fumeuse*,[9] acompanhava todos os movimentos de Jacques; quando ela o viu aceitar um cigarro, quase deu um pulo de raiva. Ele fumava em pequenas baforadas como uma criança com medo de se queimar, então segurava o cigarro tentando imitar os homens que via na rua.

— Jacques — perguntou Raoule —, você não teve mais febre?

Ele largou o cigarro imediatamente e enrubesceu. Assim, ela explicou a Raittolbe que, se falava informalmente com Silvert, era porque era mais velha e que, além disso, o ateliê tolerava tal tipo de intimidade entre artistas. O barão assentiu. Afinal, já que estavam viajando para a lua... O cenário daquele idílio monstruoso era tão sinceramente asiático, a miséria daquela paixão infame era tão habilmente dourada, haviam pregado um tapete tão espesso sobre a lama que ele, o *bon vivant*, não se importava em tocar aquelas coisas lamentáveis com a ponta do chicote!

Ele se comprometia, afora isso, com a prostituta e o amante de coração, em excelente sociedade.

Raittolbe, embora até então tivesse sido honesto, era um homem *de seu tempo*, uma enfermidade que só pode ser analisada por meio dessa única frase.

Ele teria preferido possuir Raoule por algo diferente dos segredos de sua vida privada; mas, enfim, uma bela amante não é rara, enquanto nem sempre se tem a oportunidade de fazer, em primeira mão, o estudo de uma nova depravação.

Aos poucos a conversa ficou animada. Jacques se deixou conquistar pela franqueza do barão; ele disse palavras engraçadas e fez confidências.

— Aposto que esse garoto que não tem altura para ser soldado, por outro lado, já contou algumas grandes

---

9 Mobília em forma de cadeira arredondada para os fumantes, normalmente do sexo masculino, já que mulheres fumantes não eram vistas com bons olhos. (N.E.)

histórias sobre mulheres? — Raittolbe arriscou, piscando.

— Com essa cara bonita, sem dúvida! — acrescentou Raoule, que amassava uma de suas luvas sob os dedos nervosos.

— Oh! Não, eu juro — disse Jacques, um pouco surpreso por lhe fazerem tal pergunta ali. — Se dormi dez vezes *fora de casa* — e ele piscou de volta para Raittolbe —, foi o máximo!

Raoule levantou-se para corrigir o desenho do buquê azul.

— Sem romance? Sem intriga? — pressionou o barão.

— Só os ricos podem se apaixonar! — murmurou o florista, cuja alegria diminuiu repentinamente.

Com as últimas cinzas do cigarro, depois de ter elogiado Jacques por seu grande talento, Raittolbe cumprimentou-o como se cumprimenta uma mulher em casa, ou seja, com um respeito exagerado, depois despediu-se de Raoule dizendo-lhe em um tom breve:

— Hoje à noite, no teatro dos italianos, certo?

Ela assentiu, sem se virar, e chamou Jacques.

— Ora, seu idiota — ela disse, esbofeteando-o com suas luvas rasgadas —, tente fazer seus pobres miosótis viverem! Você se lembra demais do seu antigo ofício! Você me deve flores de madeira!

— Farei de novo, senhorita, porque pretendo oferecê-los a sua tia.

— Ora, se é para minha tia, você pode fazer de mármore, se quiser!

Raittolbe havia partido.

— Eu proíbo você de fumar! — ela gritou, sacudindo o braço de Jacques.

— Está bem! Não vou mais fumar!

— E proíbo você de falar com um homem aqui sem minha permissão.

Jacques, perplexo, permaneceu imóvel, com seu sorriso bobo no rosto.

De repente, Raoule se atirou sobre ele, derrubando-o aos seus pés antes que o jovem tivesse tempo de lutar.

Então, segurando seu pescoço que o casaco de lã branca deixava à mostra, ela cravou as unhas na pele de Jacques.

— Estou *enciumado*! — ela rugiu em pânico. — Você entende agora?

Jacques permaneceu imóvel, com os dois punhos cerrados, que ele não queria usar, sobre os olhos úmidos.

Sentindo que ela o estava machucando, os nervos de Raoule relaxaram.

— Você deve perceber — ela disse ironicamente — que não tenho mãos de florista como as suas e que, de nós dois, sou a figura mais masculina?

Jacques, sem responder, a observava de soslaio, com um vinco amargo em cada canto dos lábios.

Na inércia que lhe era imposta, sua beleza feminina se destacava ainda mais, e de sua fraqueza, talvez agora voluntária, emanava uma força misteriosamente atraente.

— Cruel! — ele murmurou.

Raoule pegou uma almofada ao acaso e colocou-a sob a cabeça ruiva do jovem.

— Você me deixa louca! — ela gaguejou. — Queria ter você só para mim, e você fala, ri, ouve, responde diante dos outros com a confiança de um ser comum! Você não acha que sua beleza, quase sobre-humana, deprava o espírito de todos aqueles que se aproximam de você? Ontem, quis amá-lo do meu jeito, sem explicar meu sofrimento; hoje, estou completamente fora de mim porque um dos meus amigos se sentou ao seu lado!

Ela foi interrompida por soluços fortes e levou o lenço ao rosto, na esperança de escondê-lo.

Curvada sobre os joelhos ao lado daquele corpo estendido, Raoule tinha uma fúria de amante que queimava Jacques sem que ele pudesse controlar; então, ele se ergueu para colocar um braço em torno de seus ombros.

— Então você gosta de mim? — ele perguntou, ao mesmo tempo cínico e gentilmente carinhoso.

— Até a morte!

— Você promete me deixar delirar o dia todo de novo?

— Você prefere esse delírio aos meus beijos, Jacques!

— Não! O seu remédio não vai mais me embriagar, pode apostar, porque eu vou cuspir se você me obrigar a engolir! Vai ser um delírio ainda melhor...

Ele parou um pouco, ofegante, surpreso ao dizer tanto, depois voltou a falar com um sotaque em que se sentia a voluptuosidade ardente estremecendo:

— Por que você veio acompanhada desse senhor? Não posso ficar com ciúmes também? Você me envergonha terrivelmente! Você me comprou e agora me bate... É como fazem com os cachorros! Se você acha que não percebo. Deveria ter ido embora, mas... sua geleia verde[10] me deixou mais covarde do que minha irmã! Estou com medo de tudo... no entanto, estou feliz, muito feliz... Parece que estou voltando a ser um bebê de seis semanas e tenho vontade de dormir no peito da minha ama...

Raoule beijava os cabelos de ouro de Jacques, finos como filamentos de gaze, querendo insuflar-lhe sua paixão monstruosa através do crânio dele. Seus lábios imperiosos fizeram com que ele curvasse a cabeça para a frente e, atrás do pescoço, ela o mordeu com avidez.

Jacques se contorceu com um grito de dor amorosa.

— Oh, isso é bom! — ele suspirou, enrijecendo-se nos braços de sua dominadora feroz. — Não quero saber de mais nada! Raoule, você me amará como quiser me amar, desde que sempre me acaricie assim!

Os lambrequins do ateliê estavam abaixados. O barulho dos ônibus e dos veículos passando na rua se enfraquecia através dos vidros duplos; tudo o que se ouvia era um estrondo surdo, como o de um trem expresso. Perto do divã contra o qual Raoule havia jogado Jacques, reinava uma penumbra de alcova, e as almofadas, empilhadas atrás deles, formavam uma poltrona estofada de um compartimento de primeira classe; estavam sozinhos, levados por uma vertigem assustadora que mudava tudo;

---

10 Haxixe, provavelmente. (N.E.)

correram para abismos insondáveis e acreditaram estar seguros nos braços um do outro.

— Jacques — respondeu Raoule —, fiz do nosso amor *um deus*. Nosso amor será eterno. Minhas carícias nunca se cansarão!

— É verdade que você me acha bonito? Que me acha digno de você, a mais bela das mulheres?

— Você é tão bonito, querida criatura, é mais *bonita* que eu! Veja, no espelho inclinado, o teu pescoço branco e rosado, como o pescoço de uma criança! Olha que boca maravilhosa, como a ferida de uma fruta amadurecida ao sol! Veja a claridade destilada pelos seus olhos profundos e puros como o dia ensolarado. Veja!

Ela o havia levantado um pouco, afastando, com seus dedos febris, suas roupas sobre seu peito.

— Você ignora, Jacques, ignora que a carne fresca e saudável é a única potência deste mundo!

Ele se encolheu. O homem que havia nele de repente acordou com a doçura daquelas palavras ditas bem baixinho.

Ela não batia mais nele, não o comprava mais, ela o lisonjeava, e o homem, por mais abjeto que possa ser, sempre possui, em um momento de rebeldia, essa virilidade de uma hora que se chama *presunção*.

— Você me provou — disse ele, abraçando a cintura dela com um sorriso ousado —, me provou, de fato, que eu não precisava corar na sua frente. Raoule, a cama azul nos aguarda, venha!

Uma nuvem desceu dos cabelos de Raoule até sua testa franzida.

— Que seja, mas com uma condição, Jacques. Você não será meu amante...

Ele começou a rir alto, como riria ao encontrar, em algum lugar, uma menina teimosa.

— Não vou mais sonhar. É sem dúvida o que você quer me fazer entender, sua malvada! — disse ele, escapando com a agilidade de um cervo que é posto em liberdade.

— Você será meu escravo, Jacques, se é que podemos chamar de escravidão a deliciosa entrega do seu corpo a mim.

Jacques quis arrastá-la, ela resistiu.

— Você jura? — ela perguntou num tom que se tornara imperioso.

— O quê? Você está maluca!

— Eu sou seu mestre, sim ou não! — exclamou Raoule, levantando-se subitamente, com olhar duro e narinas abertas.

Jacques recuou até o cavalete.

— Vou embora! Vou embora! — ele repetiu em desespero, não entendendo mais os desejos de seu mestre e não querendo mais nada.

— Você não vai embora, Jacques. Você se entregou, não pode voltar atrás! Você esqueceu que nos amamos?

Esse amor, agora, era quase uma ameaça; então, Jacques virou as costas, aborrecido com as palavras dela.

Mas Raoule veio por trás e o abraçou com seus dois braços lascivos.

— Perdão! — ela sussurrou. — Esqueci que você é uma mulherzinha caprichosa que, *na casa dela,* tem o direito de me torturar. Vamos! Farei o que você quiser...

Chegaram ao quarto azul, Jacques, atordoado pela raiva por ela exigir o impossível; Raoule, os olhos frios, os dentes cravados no lábio fino. Foi ela quem se despiu, recusando todas as suas investidas e dando-lhe patadas horríveis. Sem pudor algum, tirou o vestido, o espartilho, depois desamarrou as cortinas, evitando que ele ficasse extasiado diante de sua esplêndida estatura de amazona. Ao abraçá-la, ele teve a sensação de um corpo de mármore deslizando entre os lençóis. Uma sensação desagradável o percorreu, como o roçar de um animal morto em seus membros quentes.

— Raoule — ele implorou —, não me chame mais de *mulher,* isso me humilha... Veja, claramente só posso ser seu amante...

Com seu ar *blasé*, recostada nos travesseiros, Raoule esboçou um movimento imperceptível de ombros, evidenciando sua total indiferença.

— Raoule — repetiu Jacques, tentando avivar com beijos furiosos a boca, antes tão ardente, da mulher que ele acreditava ser sua amante. — Raoule! Não me despreze, eu imploro... Nós nos amamos, você mesmo disse... Ah! Estou ficando louco... sinto que estou morrendo... há coisas que nunca farei... nunca... antes de ter você só para mim!

Os olhos de Raoule se fecharam. Ela conhecia aquele jogo, sabia, palavra por palavra, o que a natureza diria pela voz de Jacques...

Quantas vezes ela ouviu tais gritos, uivos para alguns, suspiros para outros, preâmbulos educados entre os eruditos, preliminares tateantes entre os tímidos? E quando todos eles tinham gritado o suficiente, quando todos eles finalmente obtinham a realização de seus desejos mais profundos, segundo a expressão eterna, eles se tornavam os saciados beatos, igualmente vulgares na satisfação dos prazeres.

— Raoule! — gaguejou Jacques, caindo para trás, destroçado por prazeres desesperadores. — Faça comigo o que quiser agora, vejo claramente que os perversos não sabem amar!

O corpo da jovem vibrou da cabeça aos pés ao ouvir a súplica dolorosa daquele homem que era apenas uma criança diante de sua ciência amaldiçoada. Com um único salto, ela avançou sobre ele, cobrindo-o com os flancos inchados de um ardor selvagem.

— Não sei amar... eu... Raoule de Vénérande! Não diga isso já que sei esperar!

CAPÍTULO VII

106

UMA VIDA ESTRANHA COMEÇOU PARA RAOULE DE VÉNÉRANDE, A PARTIR DO MOMENTO FATAL EM QUE JACQUES SILVERT, CEDENDO-LHE SEU PODER DE HOMEM APAIXONADO, TORNOU-SE SEU OBJETO, uma espécie de ser inerte que se deixava amar porque amava de uma maneira impotente. Pois Jacques amava Raoule com um verdadeiro coração de mulher. Ele a amava por gratidão, por submissão, por uma necessidade latente de prazeres desconhecidos. Ele tinha essa paixão por ela como alguém tem paixão por haxixe, e agora preferia Raoule à geleia verde. Os hábitos degradantes que Raoule impunha a Jacques se tornavam uma necessidade natural para ele.

Eles se viam quase todos os dias, tanto quanto o mundo de Raoule permitia.

Quando não tinha visitas, nem eventos, nem estudos, ela se jogava em um táxi e chegava ao Boulevard Montparnasse com a chave do ateliê na mão. Ela dava algumas ordens breves a Marie e frequentemente também uma bolsa generosamente recheada, e então se trancava na casa deles, em seu templo, isolando-se do resto do mundo. Jacques raramente pedia para sair. Quando ela não aparecia, ele trabalhava e lia todo tipo de livros, de ciência ou de literatura, que Raoule lhe fornecia para manter aquele cérebro ingênuo sob seu feitiço.

Era como se levasse a vida ociosa das orientais trancadas em haréns, que não sabem nada além do amor e relacionam tudo ao amor.

Às vezes, ele tinha discussões com sua irmã sobre sua tranquilidade. Ela queria para ele uma vida mais agitada, outras amantes e o desejo de poder esbanjar o luxo de sua amante pecadora. Mas ele, sempre calmo, declarava que ela não sabia de nada, que nunca saberia.

Além disso, as portas impediam-na de olhar pelo buraco da fechadura. Marie estava, de fato, obrigada a permanecer alheia aos mistérios do quarto azul. Raoule ia, vinha, dava ordens, agia como um homem experiente em intrigas, mesmo que aquele fosse seu primeiro amor. Ela forçava Jacques a se enredar em sua felicidade passiva como uma pérola em sua concha. Quanto mais ele esquecia seu sexo, mais ela multiplicava ao seu redor as oportunidades de feminizá-lo, e, para não assustar demais a masculinidade que desejava sufocar nele, primeiro tratava como brincadeira, mesmo que depois o fizesse aceitar seriamente, como uma ideia degradante. Então, certa manhã, ela lhe enviou, por meio de seu lacaio, um enorme buquê de flores brancas, com o seguinte bilhete: "Colhi este buquê perfumado para você em minha estufa. Não me repreenda, estou substituindo meus beijos por flores. Um noivo não faria melhor!".

Ao receber o buquê, Jaques enrubesceu, e então colocou as flores com seriedade nos vasos do ateliê, fingindo para si mesmo, assumindo ser uma mulher para o prazer da arte.

No início da relação, ele teria se sentido grotesco. Ele teria descido e, sob pretexto de respirar um ar mais puro, teria ido tomar uma cerveja no bar mais próximo, na companhia de lacaios ou operários malabaristas.

Raoule percebeu imediatamente a mudança que havia provocado naquele caráter passivo, ao ver a distribuição de seu buquê, e, todas as manhãs, seu criado de casaca foi encarregado de deixar flores brancas, imaculadas, com o zelador do prédio de Jacques.

Por que brancas, por que imaculadas?

Era o que Jacques não perguntava.

Um dia, era final de maio, Raoule encomendou uma carruagem coberta e foi buscar Jacques para um passeio no Bois.[11]

Ele estava tão feliz quanto um estudante de férias, mas aproveitou esse favor bizarro com muita discrição. Ele permaneceu deitado na traseira do carro, bem perto dela, a cabeça apoiada em seu ombro, repetindo bobagens adoráveis que tornavam sua beleza ainda mais provocante.

---

11   Trata-se do Bois de Boulogne, parque situado em zona abastada de Paris e frequentado pela alta sociedade. (N.E.)

Raoule, com o dedo indicador, mostrava-lhe, através do vidro levantado, os personagens principais que passavam perto deles. Ela explicou os termos da *high life* que usava e o alertou para uma sociedade cujo acesso parecia proibido a ele, um pobre monstro sem consciência.

— Ah! Um dia você vai se casar e vai me deixar! — ele dizia muitas vezes, apertando-se contra Raoule, com medo, o que conferia ao seu tipo tão fresco, tão loiro, a graça comovente da ingênua seduzida, ao vislumbrar a possibilidade do esquecimento.

— Não, não vou me casar! — afirmou Raoule. — Não, não te abandonarei, Jaja, e, se você for sábio, será sempre minha!

Ambos riram, mas se uniram cada vez mais em um pensamento comum: a destruição do sexo.

No entanto, Jaja tinha seus caprichos, caprichos compreensíveis. Ele atormentava sua irmã, cujas aspirações iam muito além do ateliê repleto de trapos. Ele havia pedido um lindo roupão de veludo azul e forrado de azul... e foi tropeçando na bainha comprida do roupão que ele chegou à porta para encontrar Raoule. Ela veio uma vez, por volta da meia-noite, vestida com um terno masculino, uma gardênia na lapela, os cabelos escondidos em um penteado cheio de cachos, o chapéu-coco, seu chapéu de montaria, um pouco caído na testa. Jacques estava dormindo, havia lido muito enquanto esperava por ela, então acabou deixando o livro deslizar de suas mãos. A luz suave iluminava misteriosamente a cama com brocados sedosos adornados com sedas venezianas. Sua cabeça despenteada descansava com uma languidez encantadora. Sua camisola, fechada até o pescoço, não deixava transparecer nada do seu corpo masculino, e seu braço redondo, sem nenhum pelo, destacava-se como um belo mármore ao longo da cortina de cetim.

Raoule contemplou aquilo por um minuto, perguntando a si mesma com uma espécie de terror supersticioso se não teria criado, depois de Deus, um ser à sua imagem. Ela tocou-o com a ponta da luva. Jacques acordou gaguejando um nome; mas, ao ver aquele rapaz parado ao lado de sua cama, deu um pulo e gritou de terror:

— Quem é você? O que você quer?

Raoule tirou o chapéu com um gesto respeitoso.

— A senhora tem diante de si o mais humilde dos seus admiradores — disse ela, dobrando o joelho.

Ele ficou indeciso por um momento, os olhos vagando das botas de couro envernizado para os curtos cachos castanhos.

— Raoule! Raoule! Não é possível! Podem prender você![12]

— Ora, menina maluca! Porque entro em sua casa sem tocar a campainha?

Jacques estendeu os braços e ela o cobriu de beijos apaixonados, só parando quando o viu desmaiar, sem aguentar mais, implorando pelas últimas realizações de um prazer artificial a que ele se submetia tanto por necessidade de calmaria quanto por amor à sinistra cortesã.

Acostumou-se com o disfarce noturno, não achando que o vestido fosse essencial para Raoule de Vénérande.

Tendo uma ideia muito vaga do que era a "alta sociedade", segundo a expressão tão frequentemente repetida por sua irmã, Jacques não imaginava os esforços que Raoule precisava fazer para sair do pátio interno de sua residência sem ser notada.

Tia Élisabeth dormia às oito horas nas noites em que não havia visitas, mas depois do chá de sábado todos os criados iam e vinham do corredor para a sala de estar. De modo que Raoule, para escapar do seu quarto pela escada dos fundos, tinha que tomar as mais minuciosas precauções. Porém, certa vez, o grande lustre da sala acabava de se apagar quando Raoule desceu e encon-

---

12 As mulheres que desejassem vestir calças precisavam de uma autorização da prefeitura, requerimento que a atriz Sarah Bernhardt e a própria Rachilde fizeram (ver APRESENTAÇÃO, p. 11). (N.E.)

trou um homem acendendo seu charuto. Voltar atrás significava perder a oportunidade, e sair era correr o risco de se trair... Ela continuou, passou perto do homem, que tocou a borda do seu chapéu, não sem examiná-lo atentamente.

— Duas palavras, senhor — murmurou o distraído tocando em seu ombro. — Você poderia me dar fogo?

Raoule reconheceu Raittolbe.

— Ei — ela disse, acentuando sua expressão altiva —, você está se engraçando com as camareiras, meu caro?

— E você? — retrucou o ex-oficial, muito irritado.

— Não é da sua conta, suponho.

— Sim, senhor, porque deste lado também podemos chegar ao apartamento de uma mulher que respeito infinitamente. A srta. Vénérande tem seu quarto acima do nosso, creio. Portanto, fornecerei explicações enquanto espero pelas suas. O rosto da srta. Jeanne me trouxe até aqui. É muito estúpido, mas é verdade... agora é sua vez.

— Impertinente — disse Raoule, reprimindo a vontade de rir.

Com um gesto muito rápido, Raittolbe lançou um desafio, jogando seu charuto na cara de Raoule, que, apesar do perigo, caiu na gargalhada francamente. Ela se descobriu e virou seu lindo rosto para seu interlocutor.

— Ah! Veja só! — resmungou Raittolbe. — Eis um disfarce que eu ainda não esperava!

— Não importa, venha comigo! — respondeu Raoule.

E subiram na carruagem que a esperava na avenida. Raittolbe seguiu lamentando os depravados que estragam as melhores coisas. Declarou que, para ele, Jacques parecia um pedaço de carne podre. Quanto à irmã, ela tinha razão em gostar de rapazes bonitos. Céus! Ela pelo menos sustentava a honra de sua categoria. E, resmungando, xingando, empurrou o cavalo na direção do Boulevard Montparnasse, enquanto Raoule, caída atrás dele, ria com vontade. Eles chegaram muito tarde.

Uma mulher, sob um poste de luz, parecia esperar por eles em frente à Notre-Dame-des-Champs, silenciosa.

Havia poucas pessoas na rua naquele momento e era possível supor que ela estava se prostituindo.

— Pstt! Querem vir até minha casa? O senhor com a condecoração... sou tão simpática quanto qualquer uma, sabe? — disse a moça abordando Raittolbe.

Ela estava vestida de seda, com uma mantilha espanhola presa por um pente de coral. Seus olhos brilhavam, promissores, mas uma tosse oca interrompeu sua frase.

— Você! — exclamou a srta. Vénérande, levantando a bengala com uma das mãos e agarrando o braço dela com a outra.

Marie Silvert, vendo-se reconhecida pela dona da casa, tentou retroceder.

— Peço desculpas — ela gaguejou —, pensei ter visto alguém que conhecia; sabe, não pense mal, também conheço algumas pessoas da alta sociedade.

Raoule, em um movimento impulsivo, golpeou a têmpora da jovem com a bengala, e, como a bengala tinha um pequeno pomo de ágata, Marie Silvert desmaiou na calçada.

— Mil raios! — exclamou Raittolbe, exasperado. — Você poderia ter contido sua indignação, meu jovem amigo. Vamos ser levados para a delegacia, nem mais nem menos! Sem contar que você não está sendo lógico. Se você descer, essa menina sobe... A punição foi inútil!

Raoule estremeceu.

— Cale-se, Raittolbe! Minha paixão não tem nada a ver com essa pobretona. Eu devia tê-la afugentado há muito tempo.

— Não aconselho que tente! — respondeu secamente o ex-oficial dos hussardos.

Raittolbe pegou Marie, colocou-a nos ombros e, antes da chegada dos guardas, eles abriram a porta da casa.

Raoule, sem se preocupar com o rumo que a aventura tomaria para Raittolbe, deixou-o entrar nos aposentos de Marie Silvert, enquanto ela foi para os aposentos do irmão. Jacques não estava na cama, tinha até ouvido os gritos na rua.

Ele correu até Raoule e pendurou-se em seu pescoço, exatamente como uma esposa ansiosa teria feito.

— Jaja não está feliz — ele declarou num tom cuja ingenuidade contrastava com seu sorriso atrevido.

— Por quê, meu tesouro?

E Raoule carregou-o quase até a cadeira à frente deles.

— Pensei que você estivesse sendo presa de verdade. Houve uma briga, acho, embaixo da minha janela.

— Não foi nada! A propósito, você não me disse que sua estimada irmã não se contenta com o bem-estar que eu lhe proporciono. Ela provoca os transeuntes na rua, uma hora depois da meia-noite.

— Oh! — reagiu Jacques, escandalizado.

— Me confundindo com outra pessoa, ela se permitiu...

Tal ideia teria divertido o florista três meses antes; naquela noite, ela o indignou...

— Essa miserável — disse ele.

— Você me permitirá afastar a srta. Silvert, não é?

— Está dentro do seu direito! Provocar você? — acrescentou em tom ciumento.

— É claro que pareço um cavalheiro... sério, como dizem as mocinhas!

E Raoule vestiu o sobretudo com uma casualidade muito masculina.

— Porém — suspirou Jacques —, sempre lhe vai faltar alguma coisa!

Ela se sentou a seus pés em um banquinho baixo, extasiada em uma adoração muda. Ele usava seu roupão de veludo apertado na cintura por um cordão, e sua camisa com babados tinha o suficiente de gola para não ser completamente uma roupa de mulher. As mãos, de que ele cuidava muito, eram de um branco mate como as de uma dama preguiçosa; em seus cabelos ruivos, ele havia aplicado pó *à la maréchale*.[13]

— Você é divina! — disse Raoule. — Nunca a vi tão linda!

— É que eu preparei uma surpresa completa para você! Vamos jantar! Pedi champanhe e decidi lhe parecer pedante!

— Realmente?

Ele foi puxar a tela chinesa e revelou a Raoule uma mesa posta ladeada por dois baldes de gelo.

— Pegue! — ele disse. — Quero embebedar você!

— Veja só como a senhorita recebe!

Neste instante, houve uma batida atrás da porta.

— Quem está aí? — perguntou Jacques, aborrecido.

— Eu! — respondeu Marie. E quando o ferrolho foi puxado, ela entrou muito pálida, com a mantilha rasgada e um pouco de sangue na bochecha.

— Meu Deus! O que você tem? — exclamou Jacques.

— Não é nada — disse a jovem com a voz rouca. — Foi a senhora quem quase me matou.

— Matar? Você?

— Vamos! Acalme-se — disse Raoule com desdém. — Deve haver um médico por perto, mande chamá-lo pela portaria ou por Raittolbe, se ele não tiver ido embora.

— Estou aqui — respondeu esse último, aparecendo e acenando para Raoule, que permaneceu imóvel.

— Explique-se — Jacques murmurou, servindo uma taça de champanhe para sua irmã e sentando-a em uma poltrona.

---

13 O pó *à la maréchale* era um cosmético popular no século XVIII, usado principalmente por mulheres. Era feito de amido de arroz, talco e outros ingredientes e era aplicado no rosto e no cabelo para dar uma aparência pálida e matificada. O nome vem da Maréchale de Villars, uma mulher da alta sociedade francesa conhecida por sua beleza pálida. (N.T.)

— Então, meu irmão. Essa vagabunda que você ama às avessas me deu um golpe com a desculpa de que a provoquei em seu portão, não estamos em nossa casa aqui, parece! Só para ela seria um carnaval todas as noites, você imagina? Ela vai se meter nos assuntos das pobres garotas que têm gostos diferentes dos dela. Ela se mete na vida das pessoas, investiga e bate para se livrar dos outros. Mas, apesar da honestidade do senhor — e ela apontava para o barão, que ainda fazia sinais desesperados para Raoule —, quero acertar as contas com ela agora mesmo. Não me importo com seus amores imundos e, já que somos todos canalhas, podemos nos sacudir um pouco antes de nos separar, não é verdade?

Soltando essas palavras, que ecoaram como tiros pelo esplendor da sala, a jovem arregaçou as mangas e, saindo da poltrona, colocou-se diante de Raoule.

Ela estava completamente bêbada. Quando seu hálito atingiu o rosto da srta. Vénérande, pareceu-lhe que uma garrafa de álcool estava sendo derramada sobre ela.

— Miserável — Raoule rugiu, procurando nos bolsos de sua jaqueta a faca que nunca saía de seu lado.

Raittolbe se colocou entre as duas, enquanto Jacques mantinha a irmã sob controle.

— Chega! — disse Raittolbe, que gostaria de estar a mil léguas do Boulevard Montparnasse. — Você é uma ingrata, srta. Silvert, e, além disso, não está em seu juízo perfeito. Retire-se!

— Não! — gritou Marie, no auge de sua loucura. — Quero destruir essa garota antes de partir. Ela me dá nojo, o que posso dizer?

Jacques, consternado, tentou expulsá-la.

— Você também — ela resmungou — repudia sua irmã, seu m...

Jacques ficou pálido como a morte; lentamente, sem dizer uma palavra, chegou ao seu quarto e deixou a porta fechar atrás dele. Finalmente, Raittolbe, no limite de sua paciência, retirou Marie e, apesar de seus esforços e de seus gritos furiosos, levou-a para os seus aposentos e trancou-a lá. Então, voltando a Raoule:

— Minha querida amiga — disse ele, evitando olhá-la no rosto —, acredito que o escândalo lhe faz pensar; esta criatura, por mais degradada que esteja, me parece muito perigosa... cuidado! Se você a afastar, depois de amanhã, todos na elegante Paris poderão muito bem conhecer a história de Jacques Silvert.

— Você não prefere me ajudar a esmagá-la? — disse Raoule, lívida de raiva.

— Minha pobre criança! Você conhece muito mal a verdadeira fêmea. Não há metamorfose possível para ela. Prometo acalmá-la, só isso!

— De que maneira? — Raoule perguntou, franzindo a testa.

— É segredo meu; mas tenha certeza de que seu amigo saberá se dedicar.

Raoule fez um movimento de revolta; ela havia entendido.

— Fazemos o que podemos — retrucou Raittolbe.

E ele se retirou, muito digno.

CAPÍTULO VIII

118

"JÁ QUE SOMOS TODOS CANALHAS!", DISSERA MARIE SILVERT. ESSA FRASE IMPEDIU RAOULE DE AMAR O RESTO DA NOITE. TODAS AS LEMBRANÇAS DAS GRANDEZAS GREGAS, COM AS QUAIS ELA CERCAVA SEU ÍDOLO MODERNO, se afastaram de repente, como um véu que o vento empurra, e a filha dos Vénérande viu coisas ignóbeis, de cuja existência ela nem sequer suspeitava. Há uma corrente que une todas as mulheres que amam...

A esposa honesta, no momento que se entrega ao marido honesto, está na mesma posição que a prostituta no momento que se entrega ao amante.

A natureza as fez nuas, essas vítimas, e a sociedade só instituiu para elas a vestimenta. Sem roupa, não há mais distâncias, só existe a diferença de beleza corporal; então, às vezes, é a prostituta quem leva a melhor.

Os filósofos cristãos falaram da pureza da intenção, mas nunca questionaram esse último ponto durante a luta amorosa. Pelo menos, não pensamos assim! Eles teriam encontrado muitas distrações por lá.

Raoule se viu, portanto, no mesmo nível da antiga prostituta... e, como superioridade, se ela tinha a da beleza, não tinha a do prazer: ela o proporcionava, mas não o recebia.

Todos os monstros têm seu momento de cansaço, ela estava cansada... Jacques chorou.

De madrugada ela saiu do ateliê, pegou um fiacre e voltou para casa.

Enquanto esperava o almoço, ela jogou cartas com um primo bobo, mas muito bom de papo, e depois conversou com a tia sobre uma viagem planejada. Era preciso partir logo, antes da estação das chuvas. Para isso, a beata propôs visitas de caridade, contas de arrendamento a serem pagas e um cozinheiro a ser substituído. A fortuna às vezes era bastante incômoda, a sociedade, muito chata, e o mundo, cheio de tribulações.

No entanto, a nova Safo ainda não podia dar o salto de Lêucade.[14] Uma dor lancinante, vinda do fundo de

---

14 Referência à lenda de Safo, que se suicidou em virtude de seu amor não correspondido por Faon. No século XIX, as alusões ao lesbianismo da poeta ainda eram evitadas. (N.E.)

sua carne, a avisava que sua divindade ainda pertencia a um ser perecível. Como um obstáculo que impede os inventores de alcançarem a perfeição final da obra, ela esperava, apesar da lama, ver nos olhos brilhantes de Jacques outro canto do seu céu que ela preencheria novamente com sonhos e fantasias.

Três dias se passaram. Jacques não escreveu. Marie não apareceu. Raittolbe manteve absoluta neutralidade. Raoule, exasperada pela incerteza, certa noite vestiu seu traje de homem e correu para o Boulevard Montparnasse. Ao entrar, passou por Marie Silvert, que a cumprimentou com um sorriso obsequioso e se retirou, sem deixar transparecer em sua atitude nada que sugerisse o que havia acontecido entre elas. Jacques estava desenhando iniciais ornamentadas em um papel de carta. Foi uma encomenda de Raoule paga antecipadamente com beijos ardentes.

Uma calma deliciosa reinava no ateliê e a luz do abajur, cuja cúpula estava abaixada, iluminava apenas o rosto encantador de Jacques. Certamente, esta não era a máscara de um indivíduo abjeto; tudo em suas feições exalava a candura de *um* virgem pensando no sacerdócio. Um pouco preocupado ao ver Raoule, largou o lápis e se levantou.

— Jacques — disse Raoule calmamente —, você é um covarde, meu amigo!

Jacques caiu para trás na cadeira, uma palidez opaca espalhou-se da testa até o pescoço.

— As falas de sua irmã na outra noite foram grosseiras, mas justas.

Ele empalideceu ainda mais.

— Você é sustentado por uma mulher, só trabalha para se divertir e aceita uma situação infame sem qualquer revolta.

Ele olhou para ela, assustado.

— Acredito — continuou Raoule — que não é Marie quem deveria ser afugentada como uma criatura vil.

Jacques apertou os dedos contra o peito, porque estava sofrendo.

— Você vai sair daqui — acrescentou Raoule, ainda em tom frio — e vai procurar trabalho com um gravador. Vou facilitar sua admissão. Depois, você vai voltar para um sótão e tentar recuperar sua dignidade como homem!

Jacques se levantou.

— Sim — disse ele com a voz embargada —, vou obedecê-la, senhorita, você tem razão.

— Nessas condições — Raoule murmurou com mais delicadeza — prometo-lhe uma recompensa como você nunca sonhou.

— Qual, senhorita? — Jacques perguntou enquanto arrumava as ferramentas em sua escrivaninha de jacarandá.

— Vou fazer de você meu marido.

Jacques recuou, com os braços levantados.

— Seu marido?

— Sem dúvida, eu o perdi, eu o reabilito. O que há de mais simples? Nosso amor é apenas uma tortura degradante que você sofre porque lhe pago. Bem, lhe devolvo sua liberdade. Espero que você saiba usá-la para me reconquistar... se você me ama.

Jacques encostou-se no cavalete atrás dele.

— Eu me recuso — disse ele amargamente.

— Como assim! Você está se recusando a se casar comigo?

— Recuso-me a me reabilitar, mesmo a este preço.

— Por quê?

— Porque eu te amo, como você me ensinou a te amar, porque quero ser covarde, quero ser vil e a tortura de que você fala é a minha vida, agora. Voltarei para um sótão; se você exigir, vou ficar pobre de novo, vou trabalhar, mas quando você me quiser, ainda serei sua escrava, aquela que você chama de: minha esposa!

Um relâmpago caindo na frente de Raoule não a teria perturbado mais.

— Jacques, Jacques! Você não se lembra dos seus primeiros abraços, então? Pense nisso! Ser meu marido, para você que foi um trabalhador vivendo na pobreza, é como se tornar um rei!

— Bem — murmurou Jacques com duas grandes lágrimas sob as pálpebras —, não é minha culpa se não sinto mais forças!

Raoule avançou de braços abertos:

— Oh! Eu te amo — ela exclamou em um arrebatamento de paixão. — Sim! Sou louca, até acho que acabei de lhe pedir algo contra a natureza. Meu querido... esqueça isso, você é melhor do que eu poderia imaginar.

Ela o conduziu até o sofá e, como sempre gostava de fazer, sentou-o sobre seus joelhos. Pareciam dois irmãos reconciliados.

— Que figura ridícula eu daria, realmente, vestida de branco, com o véu de esposa pudica na testa... eu que tenho horror ao ridículo! Mas, me diga, você está falando sério sobre isso? Você não quer isso de forma alguma?

Jacques soluçava, a cabeça apoiada nos braços de Raoule.

— Não! Eu garanto, acabou, aceito o que você quer me dar, e se tivesse que mudar, em determinados momentos, eu recusaria. Porém, se você soubesse o quanto eu a amo, você não me insultaria, pelo contrário, teria muita pena de mim. Estou muito infeliz.

Ela o apertava em seus braços, embalando-o como se embala um bebê. A vitória, conquistada apesar de sua própria consciência, a embriagava novamente. As palavras grosseiras da jovem já não soavam em seus ouvidos. Novamente, as lembranças gregas envolviam o ídolo em uma nuvem de incenso. Agora, ele era amado pelo amor ao vício; Jacques se tornava deus.

Ela enxugou seu rosto e perguntou sobre sua irmã.

— Ah! Não sei que vida ela leva — respondeu ele, mal-humorado. — Ela está sempre fora e à noite está sempre esperando por alguém. Acho que é o sr. Barão que você me apresentou um dia.

— Não é possível que Raittolbe se rebaixe tanto! — exclamou Raoule, caindo na gargalhada. — De todo modo, ela é livre, ele também, mas eu o proíbo de cuidar disso.

— Você a perdoa pela cena que ela fez. Sabe que ela estava bêbada...

— Perdoo-lhe tudo, pois, indiretamente, ela é a causa da conversa que acabamos de ter. Eu iria para o inferno se lá encontrasse uma prova do seu sincero amor, meu amado Jacques!

Ele se deitou aos pés dela e a beijou com apaixonada humildade. Depois:

— Estou com sono — falou com um suspiro, colocando o salto pontudo dos sapatos de Raoule acima da testa.

Ela o ergueu, pois havia entendido.

Naquela noite, Raoule, que no dia seguinte deveria ir a uma caçada no castelo da Duquesa d'Armonville, perto de Fontainebleau, retirou-se por volta da uma hora, deixando Jacques profundamente adormecido.

Ela ainda descia as escadas quando a porta de Jacques se abriu cautelosamente: um homem em mangas de camisa irrompeu no quarto azul e o explorou com um olhar.

— Sr. Silvert — disse ele, certo de que ele e Jacques estavam sozinhos no cômodo —, sr. Silvert, quero falar com você; levante-se, vamos para o ateliê.

Era o Barão de Raittolbe; o estado negligente de sua vestimenta indicava que ele havia deixado a metade de suas roupas não muito longe. Ele parecia muito contrariado por estar ali, mas uma irrevogável determinação brilhava sob suas grossas sobrancelhas pretas. Por fim, ele estava revoltado com tudo o que ouvia e via. Naquela triste situação, ele achava que sua influência como homem verdadeiramente viril deveria se fazer sentir. Já que havia colocado o dedo na engrenagem, ele aproveitaria para ao menos impedir a aceleração do movimento.

— Jacques! — ele repetiu em voz alta enquanto se aproximava da cama.

O brilho da luz noturna deslizava sobre os ombros arredondados do belo adormecido e, num fluxo acariciante, seguia até a ponta dos pés.

Ele caíra nu, exausto, sobre a cortina amarrotada cujo cetim azul tornava ainda mais brilhante sua pele avermelhada. Ele escondia sua cabeça no braço dobrado, tão branco que parecia ter tons de madrepérola. Na curvatura das costas, uma sombra dourada realçava a flexibilidade resplandecente dos quadris, e uma de suas pernas, ligeiramente afastada da outra, exibia uma tensão muscular similar à das mulheres nervosas depois de uma estimulação excessiva por um longo período. Em seus pulsos, dois braceletes de ouro adornados com brilhantes criavam um efeito cintilante sob os tecidos azuis que o cobriam com delicadeza. Um frasco de essência de rosas, escondido em um buraco do travesseiro, espalhava um perfume inebriante, como os romances ardentes do Oriente.

O Barão de Raittolbe, diante dessa cama desordenada, teve uma estranha alucinação. O ex-oficial dos hussardos, o duelista valente, o espírito alegre, que tinha em igual estima uma menina bonita e uma bala inimiga, balançou por meio segundo: transformou em vermelho o azul que viu ao seu redor, seus bigodes se eriçaram, seus dentes cerraram, um arrepio seguido de um suor úmido percorreu sua pele. Ele estava quase com medo.

— Maldição! — murmurou baixinho. — Se não for o próprio Eros, concordo que ele receba uma condecoração por seus serviços à comunidade.

E, como um aficionado que às vezes se interessava por revistas militares, ele acompanhava com os olhos as linhas esculturais daquelas carnes que emanavam fragrâncias intensas de sensualidade.

— Ah, isso, mas acho que agora é a hora de pegar um chicote — disse ele, tentando afastar a admiração que sentia. — Jacques! — ele rugiu com tanta força que as paredes tremeram.

Jacques se ergueu com tanta brusquidão que parecia ter sido acordado de um sonho. Permaneceu elegante, mesmo que surpreso; os braços relaxaram, a cintura arqueou, ele estava majestoso em sua nudez, como uma estátua de mármore antigo.

— Quem se atreve a entrar sem bater? — disse ele.

— Eu — respondeu o barão com raiva —, eu, meu amiguinho querido, porque quero conversar sobre coisas interessantes. Sabia que você estava sozinho, por isso entrei no seu santuário. Vou lhe dar um minuto para se vestir decentemente.

E saiu enquanto Jacques, saltando da cama, procurava o roupão com as mãos trêmulas.

Naquela noite, o clima estava abafado. Era agosto e uma tempestade se aproximava. Raittolbe abriu a porta de vidro do ateliê e mergulhou a testa no ar ainda mais quente que a cama de Jacques. Ele achou que estava respirando fogo.

— Pelo menos é um fogo natural — pensou.

Quando se virou, o jovem pintor o esperava envolto nas longas dobras de uma vestimenta quase feminina; seu rosto pálido na escuridão produzia o mesmo efeito do rosto de uma estátua.

— Jacques — disse o barão com voz monótona —, é verdade que Raoule deseja se casar com você?

— Sim, senhor, como você sabe?

— Que importa! Eu sei, isso basta; sei inclusive por que você recusou. É muito nobre ter recusado, sr. Silvert — e Raittolbe soltou uma risada desdenhosa. — Mas, após um louvável esforço de dignidade, você deveria ter se retirado completamente da órbita da srta. Vénérande.

Jacques, exausto de fadiga, se perguntava o que tal órbita poderia fazer em sua noite de embriaguez e o que aquele homem desagradável poderia querer dele.

— Mas, senhor — murmurou ele —, com que direito?

— Que diabo! — exclamou o barão. — Com o direito que todo homem de honra, sabendo o que eu sei, tem sobre um canalha do seu calibre. Raoule é louca, sua loucura vai passar, mas se ela se casasse com você durante esse surto, você não se safaria! Seria um escândalo geral. Fiz o possível para que nosso mundo ignorasse o escândalo, mas você precisa fazer o impossível para que ele cesse completamente: o sigilo não durará para sempre. Sua irmã pode continuar se embriagando e, pelo que parece, não posso mais garantir nada. Esta noite, você não se comportou mal. Bem, o que o impede de sair deste apartamento amanhã, voltar para aquele sótão, procurar um emprego e esquecer... deixar para trás o erro dela, de uma vez por todas? Se você teve um bom pensamento, então ainda vale alguma coisa! Diabos, tente voltar a ser o Jacques de antes!

— Você estava nos ouvindo, então — Jacques disse mecanicamente.

— Bem, não! Escutei contra minha vontade, e ademais, acha mesmo que pode me interrogar?

— Você é amante de Marie? — continuou Jacques com um sorriso condescendente e irônico.

O ex-oficial cerrou os punhos.

— Se você tivesse uma gota de sangue nas veias! — ele rosnou com os olhos brilhando.

— Então, sr. Barão, já que não me preocupo com os seus assuntos, não se preocupe com os meus — continuou Jacques. — Não! Não me casarei com a srta. Vénérande, mas a amarei onde quiser: aqui, em outro lugar, numa sala, num sótão e como quiser. Eu apenas me reporto a ela; se sou vil, isso só diz respeito a mim; se ela me ama assim, isso é problema dela.

— Diabos! Aquela histérica vai acabar se casando com você contra sua vontade, eu a conheço bem.

— Da mesma forma, sr. Barão, que Marie Silvert se tornou sua amante contra sua vontade: nunca podemos ter certeza de nada.

O tom calmo e gentil de Jacques abalou Raittolbe. Aquele rapaz de vida fácil estaria falando a verdade? Será que a beleza já não era mais necessária para alcançar os prazeres materiais? Ele, o *bon vivant* elegante, se humilhou ao frequentar um lugar sórdido por um ato de amor e então, de repente, o cinismo sábio da prostituta o atingiu em suas fibras mais profundas, o germe de podridão que um homem de princípios sempre carrega consigo subiu à superfície. Por sua própria vontade, ele havia retornado à casa de Marie Silvert, desejando também inspirar uma paixão doentia, e esse casal inteligente, Raittolbe e Raoule, se tornou quase ao mesmo tempo vítima de uma dupla bestialidade.

— Não há motivo para se preocupar — afirmou o barão, encarando a tempestade com bravura.

Jacques se aproximou.

— É minha irmã que não quer que eu me case com ela? — o rapaz perguntou, mantendo seu sorriso com expressões mágicas.

— Ah, não! Claro que não! Pelo contrário, ela quer empurrá-lo para essa união infernal. Jacques, você precisa resistir!

— Sem dúvida, senhor, eu não me importo nem um pouco.

— Jure-me que... — O final da frase ficou engasgado no fundo da garganta do ex-oficial dos hussardos. No entanto, ele não poderia exigir um juramento daquele monstro.

Então, agarrou o braço de Jacques. Esse último fez um movimento rápido para trás e sua manga flutuante se abriu. Raittolbe sentiu a pele perolada sob os dedos.

— Você tem que me prometer...

Mas Silvert recuou novamente:

— Proíbo-o de me tocar, senhor — disse ele friamente. — Raoule não quer isso.

Raittolbe, indignado, derrubou uma cadeira, pulou sobre a maldita criatura cuja roupa de veludo agora lhe parecia as trevas de um abismo e, arrancando o apoio para os braços de um cavalete, bateu até que o pedaço de madeira se quebrasse em pedaços.

— Ah! Agora você vai saber o que é um homem de verdade, canalha! — gritou Raittolbe, tomado por uma raiva cega cuja violência talvez não conseguisse explicar, e acrescentou, vendo Jacques desabar, todo machucado: — E ela saberá, aquela depravada, que só existe uma maneira, na minha opinião, de tocar os desgraçados da sua espécie!

Depois da partida do barão, Jacques, abrindo os olhos com dificuldade em meio à escuridão, viu numa das paredes do ateliê um grande vaga-lume pousando no meio das cortinas.

CAPÍTULO IX

130

MARIE SILVERT, PARA VER E OUVIR O QUE SE PASSAVA NOS APOSENTOS DE SEU IRMÃO, HAVIA FEITO UM BURACO NA PAREDE DO SEU QUARTO, QUE FICAVA AO LADO DO ATELIÊ.

O vaga-lume que Jacques via cintilar na escuridão era esse buraco, que estava iluminado por uma lâmpada.

Raittolbe encontrou a jovem deitada, bebendo uma xícara de rum que tinha acabado de esquentar em um pequeno fogareiro que ainda fumegava ao lado da cama.

Aquele quarto não tinha nenhuma semelhança com o resto do apartamento mobiliado por Raoule de Vénérande. Sobre um pedaço de papel de parede listrado e um tanto mofado, destacava-se um pesado armário espelhado, feito de mogno avermelhado; a cama, sem cortinas, era da mesma madeira, mas menos escura; quatro cadeiras, cobertas de percalina cor de cereja, pareciam assustadas ao redor de uma mesa de madeira branca, enegrecida aqui e ali pelas fuligens do fogão; à esquerda da porta, no fogão, onde a louça se espalhava desordenadamente, um chapéu adornado com penas mergulhava um dos lados de sua aba na sopeira cheia de manteiga derretida.

Marie Silvert, com o rosto corado, sorvia seu rum estalando a língua; enquanto o saboreava, observava com ternura um colete adornado com uma fita vermelha, jogado na mais próxima das quatro cadeiras.

— Como sou imbecil! — murmurou Raittolbe, de braços cruzados diante daquela cama que, mentalmente, ele não podia deixar de comparar à de Jacques.

— Você, meu grandalhão, um imbecil! — disse Marie, escandalizada.

— Maldição! — exclamou o ex-oficial. — Eu me comportei como um bruto, não como um justiceiro.

— O que você fez? — perguntou a jovem, largando sua xícara.

— Fiz, fiz, mil diabos! Espanquei a *senhorita* sua irmã, e sem sequer pensar duas vezes, de tanta vontade que eu tinha disso há algumas semanas.

— Você bateu nele?

— Dei-lhe uma correção importante!

— Por quê?

— Ah, é isso que não faço ideia, acho que ele me insultou, e mesmo assim não tenho muita certeza.

Marie, aconchegada nos lençóis, parecia uma gata mimada.

— Você estava irritado... — Ela suspirou. — O amor muitas vezes produz esse efeito; eu deveria saber que você iria sacudi-lo!

— Vamos parar de falar sobre isso! Se Raoule reclamar, você manda ela me procurar... Boa noite! Eu estava definitivamente errado em me intrometer nos assuntos dela. É muito complicado para o cérebro de um homem honesto.

— Você também está com raiva de mim? — perguntou a garota, se erguendo ansiosamente.

— Bah!

E Raittolbe terminou de se arrumar, sem querer dizer mais nada.

No Boulevard, o frescor da manhã revigorou o barão, mas uma ideia fixa e quase dolorosa permaneceu cravada em seu cérebro como a ponta de uma faca no meio da testa: ele havia batido em Silvert, que não se defendia; Silvert nu sob o veludo de seu roupão; Silvert, com os membros já fracos por um cansaço extenuante.

Qual era a intenção dele, o homem culto, ao ir dar lições de moral a um pobre ser desprezível? Que bela tarefa, esta! Se ao menos ele tivesse tomado essa atitude no início, mas não! Ele se envolveu primeiro com a mais desprezível das prostitutas...

Foi a pé até a Rue d'Antin, onde havia um mezanino, e, chegando à sala de fumantes, trancou-se para escrever a Raoule de Vénérande.

Desde o início da carta, a pena escorregou de seus dedos. Honestamente, ele não podia deixar de informá-la sobre a causa de sua brutalidade; por outro lado, dizia a si mesmo, com base em qual direito vou me intrometer entre as vergonhas mútuas daqueles dois amantes? Se

Raoule quisesse se casar com Silvert, o escândalo afetaria apenas a ela; não era seu dever zelar pela honra daquela mulher.

Ele já havia rasgado três folhas, mal iniciadas, quando de repente, lembrando-se do buraco feito por Marie na parede que separava do mundo inteiro os amores dos quais ele acabara de açoitar uma metade, sentiu-se tão culpado que repudiou qualquer ideia de acusar alguém.

Ele se limitou, então, a revelar a Raoule a situação precisa daquela abertura feita em sua vida privada, confessou que, para *acalmar* o temperamento perigoso da srta. Silvert, ele havia achado necessário ceder ao seu *capricho*, que a admiração dela por sua pessoa aumentava em proporções preocupantes, e que tomaria a decisão de lhe enviar, como forma de despedida, uma quantia em dinheiro, e não pisaria mais no ateliê do Boulevard Montparnasse.

Terminou lamentando o *ataque de vivacidade* de que Jacques fora vítima.

Raoule não deveria ficar muito tempo na casa da Duquesa d'Armonville, ela se ausentava de Paris apenas por curtos períodos, preferindo seus amores às viagens de verão que eram de praxe na alta sociedade; no entanto, o barão não esqueceu de anotar em sua carta a instrução "encaminhar". Então, com a consciência tranquila, ele retomou sua rotina habitual.

Jacques sabia o endereço de Raoule, mas a ideia de se queixar não lhe ocorreu. Ele simplesmente tomou um banho e evitou qualquer explicação para a irmã. Jacques, cujo corpo era um poema, sabia que este poema sempre seria lido com mais atenção do que a carta de um escritor vulgar como ele. Esse ser singular havia adquirido, no contato com uma mulher amada, todas as ciências femininas.

Apesar do silêncio, Marie ficou surpresa ao ver uma cicatriz em sua bochecha.

— Parece que você andou se exibindo — ela disse zombeteiramente. — O sr. Raittolbe desrespeitou você?

A jovem enfatizava suas palavras com uma ironia cruel, pois achava, no fundo, que seu irmão estava exagerando em suas concessões àquela que o sustentava.

— Não! Ele queria me proibir de me casar — respondeu Jacques com amargura.

— Ora! Não é isso que ele me prometeu que lhe diria — resmungou ela. — Ah! Ele queria proibi-lo disso... bem, você não se importa com ele, diabos! Sua Raoule é ingênua demais para não formalizar seu relacionamento um dia ou outro. Recomendo até que você dê um empurrãozinho na coisa. Tenho um plano.

— Que plano?

Marie ficou na frente do irmão, na ponta dos pés:

— Se você se casar com a srta. Vénérande, uma herdeira da classe alta, rica em milhões, eu, sua irmã, poderia muito bem me estabelecer, como dizem, e me tornar a sra. Baronesa de Raittolbe.

Jacques estava absorto contemplando uma pequena caixa estampada cheia de pasta verde.

— Você acha?

— Tenho certeza disso; e, então, esqueceríamos juntos os dias ruins, seríamos todos da alta sociedade.

Jacques teve um brilho nos olhos, sua tez delicada se coloriu de repente.

— Eu poderei punir os antigos amantes de Raoule quando tiver o direito de ser honesto!

— Sem dúvida! Mas Raittolbe nunca foi amante dela, seu idiota! Ele acha mulheres de verdade muito exageradas para seu gosto, isso eu lhe garanto.

— Oh! Então por que ele me bateu com tanta força? — objetou o jovem, enquanto uma lágrima ardente subia até sua pálpebra.

Marie simplesmente ergueu os ombros, parecendo fingir que era natural Jacques ser chicoteado.

Raoule avisou por telegrama, na manhã seguinte, que chegaria à noite.

De fato, por volta das oito horas, a Residência Vénérande foi agitada pelo retorno precipitado da jovem. Tia Élisabeth, acreditando em uma catástrofe, correu ao seu encontro.

— Mas que surpresa, querida! — exclamou ela. — Já está de volta? Estamos morrendo de calor aqui e faz tão bem respirar no bosque!

— Sim, voltei, minha tia querida. Nossa amiga, a duquesa, está com os nervos à flor da pele porque o Barão de Raittolbe não quer ir tocar trompa em sua casa. Esse pobre barão tem paixões misteriosas que o impedem de estar conosco.

— Raoule, não seja fofoqueira — disse a beata com um suspiro, intimidada.

Raoule foi para a cama muito cedo, alegando imenso cansaço. À meia-noite, pegou um táxi em direção à margem esquerda do rio.

Jacques a esperava, certo de que ela se vingaria dele, pois o telegrama dizia: "Já sei de tudo".

Sem se questionar como ela sabia de tudo, Jacques contava com uma explosão terrível para aquele que ele acusava de ter sido um amante feliz.

Raoule se jogou com uma impetuosa impulsividade no ateliê, cujos lustres e tochas, em sinal de alegria, estavam brilhantemente iluminados.

— Jaja? Onde está Jaja? — ela gritou, tomada de uma impaciência febril.

Jaja deu um passo à frente, sorrindo e com os lábios tensos.

Ela agarrou suas mãos e o apertou com força.

— Diga logo... O que aconteceu? Raittolbe me escreveu que estava arrependido de ter discutido com você um assunto delicado... foram essas as palavras dele. Você vai me contar tudo em detalhes, certo?

Raoule se inclinou sobre ele, devorando-o com seu olhar deslumbrante.

— Ora! O que você tem na bochecha... o que é essa mancha azul?

— Tenho outras, venha comigo até nosso quarto e você verá.

Ele a levou, tomando o cuidado de fechar as portas atrás deles. Marie manteve seu sorriso zombeteiro, mas estava preocupada; ela se retirou para seus aposentos para ouvir tudo pelo buraco na parede.

Jacques tirou suas roupas uma a uma e então Raoule soltou o grito de uma loba que encontra seus filhotes degolados.

A pele delicada do ídolo estava coberta de cicatrizes azuis do pescoço aos pés.

— Ah! — gritou a jovem, rangendo os dentes com raiva. — Que brutalidade!

— Um pouco, é verdade — disse Jacques, sentando-se na beira da cama para examinar à vontade as novas cores que adquiriam os hematomas. — Seu amigo Raittolbe bate com força.

— Foi Raittolbe quem lhe deixou nesse estado?

— Ele não quer que eu me case com você... ele te ama, esse homem!

Nada podia traduzir o tom com que Jacques dizia aquelas palavras.

Raoule, ajoelhada, contava as marcas brutais causadas pela bengala.

— Você sabe que vou arrancar o coração dele? Ele entrou aqui... me responda! Não me esconda nada!

— Eu estava dormindo. Ele saiu do quarto da minha irmã. Tivemos uma conversa sobre casamento... Então, ele quis me tocar para me fazer entender melhor... Eu recuei porque você me disse para não me deixar tocar, lembra? Até disse a ele por que eu não gostava de sentir a mão dele no meu braço...

— Chega! — rugiu Raoule no auge da raiva. — Esse homem viu você! Isso me basta, eu adivinho o resto. Ele lhe quis e você resistiu.

Jacques soltou uma gargalhada:

—Você está louca, Raoule? Se eu lhe obedeci, proibindo-o de me tocar, não há razão para acreditar que ele... Ah! Raoule, o que você ousa supor é muito feio; ele me bateu por ciúme, só isso.

— Ora! Meus instintos me dizem muito sobre o que os sentidos de um homem, mesmo que seja honesto, podem experimentar ao se encontrar cara a cara com Jacques Silvert...

— Mas, Raoule...

— Mas... repito para você que o que ouvi já é o bastante.

Ela o forçou a ir para a cama imediatamente, pegou um frasco de arnica e o enfaixou, como se fosse uma criança no berço.

— Você não se cuidou muito, meu pobre amor; você deveria ter chamado um médico! — ela disse quando terminou.

— Eu não queria que me olhassem mais! Usei haxixe para aliviar a dor!

Raoule ficou por um segundo em muda adoração, depois se jogou sobre ele de repente, esquecendo as marcas azuladas, tomada por uma vertigem frenética, por um desejo supremo de tê-lo só para ela por meio das carícias, como aquele algoz o tivera por meio dos golpes. Ela o apertou com tanta força que Jacques gritou de dor.

— Você está me machucando!

— Tanto melhor — ela resmungou. — Preciso apagar cada cicatriz sob meus lábios ou eu sempre vou vê-lo nu na frente dele...

— Você não está sendo razoável — ele gemeu baixinho — e vai me fazer chorar!

— Chore! Que importa, ele viu você sorrir!

— Oh! Você está sendo mais cruel do que a pior ofensa dele. Ele mesmo vai lhe dizer que eu estava dormindo... Não pude sorrir para ele... e logo depois vesti meu roupão!

As explicações ingênuas de Jacques foram apenas combustível jogado no fogo.

"Será, meu Deus", pensou a jovem mulher, "que este ser, que acredito que está sob meu poder, há muito tempo é um vilão depravado!?"

Assim que a dúvida entrou em sua imaginação, Raoule não conseguiu mais se controlar. Com um gesto violento, arrancou as tiras de cambraia que enrolara no corpo sagrado do seu efebo, mordeu-lhe a carne marmorizada, apertou-a com as duas mãos, arranhou-a com as unhas afiadas. Foi um completo defloramento daquelas belezas maravilhosas que outrora a extasiaram de uma felicidade mística.

Jacques se contorcia, perdendo sangue pelos entalhes que Raoule abria com um requinte de sádico prazer. Todas as fúrias da natureza humana, que ela havia tentado reduzir a nada em seu ser metamorfoseado, despertaram ao mesmo tempo, e a sede daquele sangue que corria pelos membros retorcidos substituía agora todos os prazeres de seu amor feroz...

... Imóvel, com o ouvido ainda colado à parede do quarto, Marie Silvert tentou ouvir o que estava acontecendo; de repente ela ouviu uma exclamação dilacerante.

— Socorro! Eu estou sofrendo! Marie, socorro!

Ela congelou até a medula e, como era uma *verdadeira mulher*, segundo as palavras de Raittolbe, não hesitou em correr para o local do massacre...

CAPÍTULO

140

POR OCASIÃO DO GRANDE PRÊMIO DA HÍPICA, A RESIDÊNCIA VÉNÉRANDE OFERECIA TODOS OS ANOS UMA FESTA PARA A QUAL, ALÉM DO CÍRCULO ÍNTIMO, CONVIDAVA ALGUNS NOVOS CONHECIDOS.

Talvez menos cerimoniosa do que as noites em que serviam uma simples xícara de chá, tal celebração reunia pessoas sem título e artistas amadores em torno da beata Élisabeth.

Desde que Raoule havia retornado da casa da Duquesa d'Armonville, uma tristeza profunda a acompanhava, como se, durante uma das últimas tempestades que assolaram Paris, seu cérebro tivesse recebido uma concussão terrível. No entanto, à medida que o baile se aproximava, ela gradualmente saiu de sua letargia. Sua tia havia notado sua aparência preocupada, mas não procurou saber o porquê. Primeiramente, porque a causa da melancolia de Raoule não estava entre suas preocupações diárias. Em segundo lugar, ela contava com a festa em questão, que sempre era muito animada, para distrair o espírito inconstante de seu *sobrinho*.

A srta. Vénérande, de fato, se dignou a supervisionar e dirigir os preparativos. Ela declarou que o salão central seria aberto, bem como a sala adjacente à estufa, onde as flores exóticas, sob a luz brilhante do magnésio, apareceriam em todo o esplendor de suas verdadeiras nuances. Raoule não admitia que se pudesse dar um baile para o único e monótono prazer de reunir muitas pessoas. Ela precisava, além disso, de alguma originalidade atraente para oferecer aos seus convidados.

Em frente à estufa, na galeria de quadros, um aparador, montado sobre colunas de cristal, ofereceria aos desportistas mais afetados pela poeira do hipódromo de Longchamps uma fonte inesgotável de Roederer.[15]

Ao apresentar os convites à sua tia, Raoule disse com um tom despreocupado:

---

[15] Referência ao champanhe da marca Louis Roederer, cujo criador homônimo, originário de Estrasburgo, foi responsável por financiar projetos arquitetônicos de inspiração antiga na cidade. (N.E.)

— Apresentarei meu aluno a você, está bem? O autor do buquê de miosótis. É um rapaz tão corajoso, esse pequeno florista, que precisa ser recompensado. Aliás, receberemos um arquiteto que Raittolbe convidou; é uma questão de princípio, os artistas são bem-vindos na alta sociedade, caso contrário, seria invadida por burgueses que são ainda piores!

— Oh! Oh! Raoule — murmurou a sra. Élisabeth em tom assustado —, é apenas um estudante, um estranho.

— Mas, minha tia querida, é por isso que devemos convidar esse jovem; os maiores talentos nunca teriam surgido se não os tivéssemos ajudado a serem reconhecidos.

— É justo, porém... ele me parece ser de classe mais baixa, não deve ser muito educado...

— Você acha meu primo René bem-educado, tia?

— Não; não suporto suas histórias de bastidores e seus maneirismos, mas... ele é seu primo!

— Bem, o outro, pelo menos, não será da minha família, não compartilharemos a responsabilidade por sua má educação, supondo, minha tia, que este menino realmente não saiba se comportar em nosso mundo.

— Raoule, não estou em paz, é... — disse novamente a beata — ... o filho de um operário!

— Que desenha como se fosse filho de Rafael.

— E ele estará vestido adequadamente?

— Nesse quesito, eu garanto — disse a srta. Vénérande com um sorriso amargo; depois, corrigindo sua frase no que poderia ter de enigmático: — Ele não ganha a vida com folga!

— Bem, eu me coloco nas suas mãos, minha querida Raoule — concluiu tia Élisabeth, com o coração apertado.

Naquele dia, o Barão de Raittolbe, que não havia pisado ali desde o retorno de Raoule, apareceu. Muito sério, muito reservado, recebeu das mãos da tia os convites sem por um momento encontrar o olhar com o da sobrinha. Raoule abandonou o novo romance que estava lendo e, estendendo sua linda mão:

— Barão — disse ela —, obtive da minha querida tia um convite formal para o seu arquiteto, o sr. Martin Durand, sabe?

— Meu arquiteto? Ah! Sim, me lembro... aquele que conheci em um círculo artístico; um rapaz promissor... Ele competiu com honra na última Exposição Universal... Mas, senhorita, eu nunca pedi...

— Sei que você não insistiu — interrompeu Raoule em voz breve —, mas eu sim... Seu amigo — ela enfatizou tal título — estará entre nós com o sr. Jacques Silvert, o pintor que fomos ver juntos no Boulevard Montparnasse.

Se as figuras de deusas que adornavam o teto tivessem se desprendido, o Barão de Raittolbe não teria demonstrado tanta surpresa. Desta vez, ele olhou para Raoule e, inevitavelmente, Raoule olhou para ele — dois raios se cruzaram. Sem compreender por que a jovem não havia respondido à sua carta, nem por que Jacques seria "oficialmente" integrado ao grupo, o barão pressentia uma catástrofe.

— Agradeço pelo convite a esses senhores — disse ele, torcendo o bigode. — Jacques Silvert é um camarada encantador, Martin Durand, um talentoso homem do mundo; abrir o seu salão para eles, senhoras, é antecipar a sua glória futura!

— Por fim — disse a sra. Élisabeth com um suspiro — você me tranquiliza, mas eles têm nomes terríveis, terei dificuldade em me acostumar com eles.

Conversaram um pouco sobre as corridas, Raoule discutiu as chances dos diferentes estábulos com Raittolbe, e então, quando esse último queria se despedir:

— A propósito, barão — exclamou Raoule, muito alegre —, você conhece a nova pistola Devisme?

— Não.

— Uma obra-prima!

— Você tem uma? — respondeu o barão, que não quis recuar.

— Vamos até a sala de tiros — respondeu ela, levantando-se por sua vez —, quero que você a experimente.

Uma senhora idosa, vestida de púrpura, cujo casaco exibia uma cruz de madrepérola, entrou naquele momento. A sra. Élisabeth, feliz por não ter mais que falar sobre os dois plebeus cujos nomes a horrorizavam, veio ao seu encontro.

— Ah, sra. Chailly! Como estou feliz, minha boa presidente. Temos tanto a dizer uma à outra: imagine que o padre Stephane de Léoni está a caminho; ele está vindo pregar em nosso retiro de outono!

Ela falou com a volubilidade ocupada das beatas ociosas.

— Ótimo! — concluiu Raoule, ironicamente, deixando a porta bater e desaparecendo seguida pelo barão.

Mais febril do que queria parecer, Raittolbe permaneceu em absoluto silêncio enquanto passavam pelos corredores escuros da residência.

A sala de tiro era uma espécie de terraço abobadado que a srta. Vénérande, a verdadeira dona da casa, havia mandado preparar para esse fim.

Chegando lá, o barão fingiu examinar as armas penduradas na parede e então:

— Não vejo a famosa pistola... — ele disse, rompendo o silêncio carregado de ameaças.

Raoule respondeu indicando um assento; então muito pálida, mas sem que sua voz traísse a raiva:

— Nós precisamos conversar...

— Para falar... dos artistas?

— Sim, Martin Durand deve ser a garantia de Jacques Silvert. Dentro de oito dias, eles devem ter se conhecido. Cuide desse assunto, não tenho tempo.

— Ah! Isso é o que se chama de missão delicada, Raoule. Se eu fizer isso, não vou ser censurado por sua tia?

— Houve um tempo em que minha tia não importava para você, Raittolbe.

— Diabo! Mas na época de que você fala, Raoule, eu esperava me tornar marido da sobrinha!

— Hoje você é seu companheiro mais íntimo. Todo mundo admite que você usa minha tia com a liberdade de um comensal. Você também é o mentor do meu primo René. Esses jovens têm a idade dele, apresente-os a ele... enfim, vire-se.

— Isso basta — respondeu Raittolbe, curvando-se.

Por um minuto, os dois camaradas se examinaram como dois inimigos antes da luta.

Ficou claro para Raittolbe que Raoule estava escondendo algo dele; ficou claro para Raoule que Raittolbe se sentia culpado.

— Você encontrou Jacques de novo? — perguntou finalmente o barão, fingindo a mais completa indiferença.

A srta. Vénérande brincava com uma pistola carregada de pólvora e foi com não menos indiferença que apontou para o coração do ex-oficial e atirou. Uma nuvem de fumaça os separou.

— Muito bem — disse ele sem vacilar. — Se você estivesse com outra arma, eu seria um homem morto.

— Sim, porque eu estava atirando à queima-roupa. Isto talvez seja uma antecipação da realidade. Você não acha que está destinado, meu caro, a morrer com um tiro?

— Hum! É improvável que isso aconteça com um oficial demissionário!

Apesar de todo o autocontrole, Raittolbe teve dificuldade em reprimir um sobressalto nervoso. As palavras *com um tiro* o incomodaram.

— Voltei a ver Jacques — continuou a srta. Vénérande. — Ele está... indisposto, Marie está cuidando dele, e acredito que, quando se recuperar, aquele "homenzinho" vai se casar.

— Ah! — disse o barão. — Sem sua permissão?

— A srta. Silvert se casa com o sr. Raoule de Vénérande, isso o surpreende? Por que esse olhar assustado?

— Oh! Raoule! Raoule! É impossível! É monstruoso! É... é até revoltante! VOCÊ! Casar-se com aquele desgraçado? Ora, por favor!

Raoule, com seus olhos ardentes, fixava o barão aterrorizado.

— Nem que seja para ter o direito de defendê-lo contra o senhor! — ela gritou, incapaz de conter sua raiva de leoa.

— Contra mim?

Então, não conseguindo mais se segurar, Raittolbe caminhou direto para a criatura assustadora:

— Senhorita, você esquece, ao me insultar, que não posso tratá-la como Jacques Silvert. Seria preciso sangue para apagar suas palavras... Que reparação vai me oferecer?

Ela sorriu com desdém:

— Nada! Senhor, nada... Apenas quero que o senhor se acuse antes que eu mesma pense em fazê-lo.

— Maldita seja! — explodiu o barão, fora de si e esquecendo que estava na presença de uma mulher. — Você vai se retratar!

— Eu disse, senhor — retrucou Raoule —, que o defenderei contra você. O senhor não negará, espero, ter batido nele?

— Não! Não nego... ele explicou por quê?

— Você tocou nele...

— Será que esse jovem patife seria feito de diamante derretido? Será que a mão de um homem honesto pousando em seu braço para enfatizar, com um gesto afetuoso, uma palavra gentil, pode produzir nele um efeito tal que ele desmaie? Ah! Será que eu sou louco e ele é o ser racional?

— Vou me casar com ele — repetiu a srta. Vénérande.

— Faça isso, então! Por que me oporia, afinal? Case-se com ele, Raoule, case-se com ele.

E Raittolbe, curvando-se sob a vergonha de ter se envolvido em tais intrigas, deixou-se cair de volta em sua cadeira.

— Ah! Que pena você não ter um pai ou um irmão! — gaguejou ele, torcendo a lâmina de um florete sob seus dedos.

O aço quebrou bruscamente e um dos estilhaços atingiu o pulso de Raoule. Sob a renda, uma gota de sangue se formou:

— A honra está satisfeita — declarou a srta. Vénérande com uma risada profunda.

— Pelo contrário, começo a acreditar — respondeu o barão brutalmente — que a honra não tem nada a ver com nossas ações. Abandono o jogo, senhorita, e me desfaço em favor de quem quiser da tarefa perigosa de apresentar aqui o Antínoo do Boulevard Montparnasse.

Raoule assentiu:

— Você está com medo?

— Cale-se! Em vez de pensar em difamar os outros, tenha antes pena de si mesma e dele!

— Bem, sr. Raittolbe, exijo que você me obedeça!

— E qual a razão disso?

— Quero ver vocês dois, cara a cara, na minha sala. Preciso fazer isso, caso contrário, terei suspeitas eternas.

— Tresloucada! Não vou obedecer...

Raoule estendia para ele suas mãos juntas, cuja pele transparente estava manchada com um pouco de sangue:

— Raittolbe, eu dilacerei com minhas próprias unhas aquele ser que você golpeou como o mais vil dos animais, no momento que ele estava indefeso e sem forças, torturei tanto os membros infelizes onde cada um dos seus golpes tinha sido desferido, que ele gritou... Alguém veio e eu, Raoule, tive que ceder à indignação da irmã dele. Jacques não é nada além de uma ferida, e isso é obra nossa; você não me ajudará a reparar tal crime?

O barão se sentia abalado até suas fibras mais profundas. Raoule era capaz de tudo, ele sabia disso e não duvidava que ela pudesse ter chegado a tal exaltação.

— É horrível! Horrível! — murmurou ele. — Somos indignos da humanidade... Que seja covardia ou amor que tenha paralisado Jacques, nós, naturezas pensantes, não devíamos nos deixar levar pelo ímpeto assim. Só devíamos ver nele um ser irresponsável.

Raoule não pôde deixar de sentir raiva.

— Você vai vir — ela disse —, eu quero! Mas lembre-se de que o odeio e no futuro o proíbo de considerá-lo um amigo.

O barão não aceitou esta alusão, que talvez exigisse uma nova gota de sangue.

— Sua tia já está a par desse casamento? — ele perguntou em um tom mais calmo.

— Não — respondeu Raoule —, estou contando com seu conselho para levá-lo até ela; mas, isso acontecerá... Marie Silvert o exige.

E, com uma amargura de partir o coração, ela continuou:

— Confesso-lhe a imensidão da minha queda, não abuse da minha confissão, sr. Raittolbe.

— Posso fazer algo com a irmã, Raoule? Você quer que eu a denuncie à polícia? — acrescentou Raittolbe, um cavalheiro até o fim.

— Não, nada, nada... O escândalo é inevitável, essa criatura é a pedrinha que quebra a força da poderosa roda de aço. Eu a humilhei, ela se vingará... Infelizmente! Acreditei que para uma garota o dinheiro era tudo, mas percebi que ela tinha, como a descendente dos Vénérande, o direito de amar.

— Amar! Meu Deus! Raoule, você me faz estremecer.

— Eu não preciso dizer quem, preciso?

Então ficaram em silêncio, as almas repletas de grande tristeza.

Ambos se viram no chão e sentiram o peito oprimido pelo pé de um inimigo invisível.

— Raoule — murmurou Raittolbe gentilmente —, se você estivesse disposta, poderíamos escapar do abismo.

Você, nunca mais vendo Jacques, eu, nunca mais falando com Marie. Uma hora de loucura não resume toda a existência. Unidos pelos nossos erros, poderíamos nos unir também pela nossa reabilitação. Raoule, acredite, volte a si... Você é linda, é uma mulher, é jovem. Raoule, para ser feliz segundo as leis da santa natureza, basta nunca ter conhecido esse Jacques Silvert: vamos esquecê-lo.

Raittolbe já não falava de Marie; dizia: "vamos esquecê-lo". Raoule, sombria, fez um gesto de desespero:

— Ainda o amo irresistivelmente — disse ela em voz lenta. — Quer essa paixão termine no céu ou no inferno, não me preocupo. Quanto a você, Raittolbe, você viu meu ídolo muito de perto para que eu possa perdoá-lo: eu o odeio!

— Adeus, Raoule — disse o barão, estendendo sua enorme mão para ela. — Adeus! Tenho pena de você.

Raoule não se mexeu. Então Raittolbe pegou o pulso dela e o apertou com real afeto; mas, ao sair da sala de esgrima, viu ao longo dos dedos que uma leve marca sangrenta retornava.

Ele se lembrou imediatamente do incidente do florete quebrado. No entanto, uma espécie de terror supersticioso se apoderou dele: o oficial teve um calafrio que não conseguiu controlar.

CAPÍTULO XI

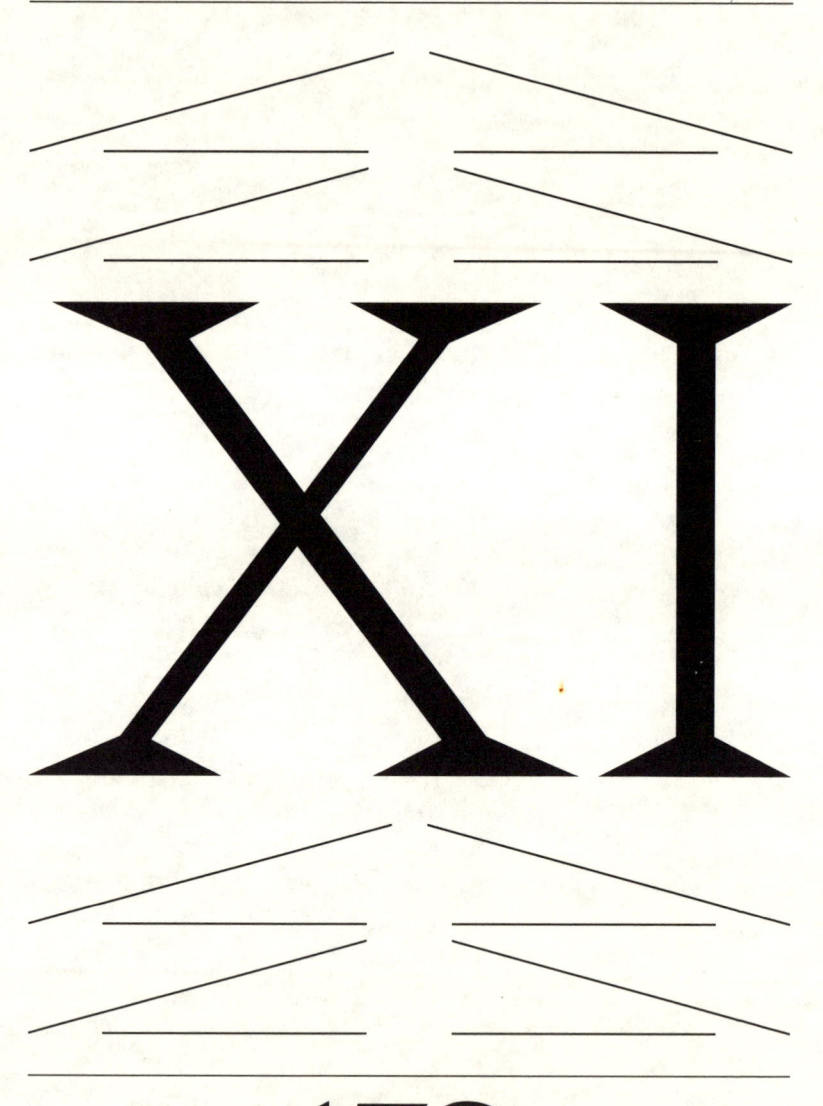

152

MARTIN DURAND ERA UM TIPO DE BOM RAPAZ QUE SÓ QUERIA SEGUIR SEU CAMINHO NO MEIO DE TODOS OS MUNDOS POSSÍVEIS. DEPOIS DE UMA HORA CONVERSANDO COM JACQUES SILVERT, ELE O TOMOU SOB SUA PROTEÇÃO e o tratou por "você". Segundo ele, apenas um compasso poderia levar para longe. As flores, por mais bem-feitas que fossem, eram apenas objetos inúteis que custavam muito caro aos artistas e os deixavam em apuros. Durante o ano, palácios continuam a ser erguidos, mas nem sempre há necessidade de flores.

— Veja! — Durand clamava. — Os feixes de rosas, as fileiras de violetas, as pilhas de tulipas que adornam seus lambris! Ah, meu caro, flores demais! Me sinto asfixiado apenas de olhar para elas!

Em seguida, o arquiteto acendeu um cigarro para tentar se livrar do cheiro imaginário dos buquês pintados.

Jacques, calado como todos aqueles que carregam no peito o peso de uma grande vergonha, respondia de maneira monossilábica aos discursos de Martin Durand. E quando este, maravilhado com o luxo do ateliê, perguntou se seu tio era um homem muito rico, ele estremeceu diante desse novo amigo, como se estivesse diante de um novo algoz.

— Finalmente — proclamou Martin Durand — um verdadeiro garoto do povo, cheio de exuberância e orgulhoso de ter chegado à sua posição abrindo caminho com cotoveladas; vamos saltar com o mesmo salto, meu querido! Raittolbe é quem garante. Um salão nobre, apreciadores riquíssimos e mulheres bonitas... minha cabeça está girando! Irra! A srta. Vénérande tem a residência mais bela de toda Paris. Estilo renascentista, com capiteis nas janelas e varandas de ferro da época de Luís XV. Não sei se ela paga bem pelos estudos dos miosótis, mas que o diabo me leve se ela não me contratar para demolir um pavilhão e construir uma torre em seu lugar. Nós nos ajudamos mutuamente. Mencione que sou o arquiteto mais em alta no momento. E eu direi que o presidente da República lhe encomendou um ramo de peônias.

Jacques sorria com amargura. Aquele rapaz comunicativo era feliz, ganhava a vida lapidando pedras, era forte e íntegro. A todas as suas piadas, ele acrescentava um suspiro ao pensar em sua bela prima, a filha do diretor de uma das maiores lojas da capital. Nobreza, amor, dinheiro, tudo viria a ele com um simples aceno, porque ele era um homem.

Depois de conhecer Jacques melhor, Martin Durand disse que o buscaria no dia do baile. Ao reencontrar seu amigo Raittolbe, com quem tinha uma amizade tão forte quanto com Silvert, ele falou com entusiasmo:

— O jovenzinho é o modelo mais naturalmente belo que já vi. No entanto, não tem nenhum talento... Mas eu o treinarei. Os artistas, em geral, são obcecados pela ideia de serem admirados pela alta sociedade, não por seus méritos, mas por seus maus modos: quando desejam ensinar o que não sabem, o que mais importa para eles é criar um estilo próprio.

Martin Durand, acariciando a barba castanha, acrescentou:

— Sim, sim, eu o formarei. Ele tem 23 anos, pode se corrigir, pretendo surpreendê-lo de maneira agradável entre os Vénérande, quando todos os bairros da nobreza dessas pessoas forem feitos de granito do Egito.

Ainda seria possível surpreender Jacques Silvert? Raittolbe não respondeu.

Na noite do Grande Prêmio, a partir das dez horas, o salão central e a estufa de plantas exóticas foram banhados pelos feixes brilhantes da luz de magnésio. Uma luz branca, suave e mais clara, mas menos ofuscante que a elétrica, que realçava todos os detalhes das estátuas e as dobras das cortinas, como se o próprio dia quisesse se juntar à festa dos Vénérande.

Os mais velhos em trajes antigos e as matronas com seus penteados elaborados, do alto de seus retratos emoldurados, pareciam apontar uns para os outros os exemplos da plebe parisiense que desfilavam diante deles.

Definitivamente, a festa esportiva havia misturado tudo: descendentes de Adão e descendentes das

Cruzadas. O arquiteto Martin Durand e a Duquesa d'Armonville, a sra. Élisabeth, a beata, e Jacques Silvert, o garoto da vida.[16] Em um clima de grande alegria, onde todos buscavam se divertir à sua maneira, inclusive às custas dos outros, os convidados trocavam os mais belos sorrisos de boas-vindas. De pé ao lado da imponente poltrona de sua tia, a srta. Vénérande os recebia com aquela graça um tanto altiva, mais típica de um cavalheiro de outrora do que de uma mulher simplesmente vaidosa.

A excêntrica figura, quando se afastava da paixão e deixava de ir além de seu tempo, retornava totalmente ao passado, à época em que as castelãs se negavam a abrir as portas para trovadores malvestidos.

Naquela noite, Raoule vestia um vaporoso vestido de gaze branca, com cauda comprida, sem nenhum adorno, nem mesmo uma flor. Um capricho peculiar a levou a amarrar em seus ombros nus uma couraça de malha dourada, tão fina que parecia que seu busto havia sido moldado em metal líquido.

Para realçar a linha da pele em contraste com o tecido, uma serpente de brilhantes se entrelaçava e seus cabelos negros, presos em um elmo grego, estavam adornados com um crescente de diamante com pontas luminescentes como raios de luar. A magnífica Diana parecia caminhar sobre uma nuvem; sua cabeça, com perfil puro, dominava a multidão e não era sem um misto de admiração e apreensão que ousavam encontrar seu olhar cintilante. A beata, por sua vez, se cobria recatadamente com um véu de rendas que ocultava o vestido de um azul melancólico. Seu pequeno rosto gentil, envelhecido, com olhos de um azul-celeste pálido, se escondia sob o brasão de sua poltrona, enquanto, ao contrário, tal brasão parecia ceder sob a força do braço de Raoule.

---

16 No original, *fils de joie*. A autora subverte a expressão *fille de joie*, que significa "prostituta". (N.T.)

À sua direita, encontravam-se reunidos o primo René, raro exemplar de janota dos esportes, que explicava a quem quisesse ouvir como *Simbad, o marujo*, havia vencido por uma cabeça e por que este ano a *camisa* de seda dourada estava impecavelmente vestida...; Raittolbe, sisudo, com seu rosto de eslavo indecifrável, que lembrava a Górgona antiga quando observava a srta. Vénérande; e logo depois, o velho Marquês de Sauvarès, pulando como um grande pássaro noturno desorientado pela luz forte, enquanto contemplava com seus olhos sem brilho, ocasionalmente iluminados por um lampejo de luxúria, os ombros arredondados de sua sobrinha Raoule.

Ao redor deles, um enxame de mulheres em trajes requintados murmurava, conversando com uma persistência que irritava os homens sobre os feitos de John Mare, o jóquei vencedor.

Na multidão, era possível identificar os artistas amadores por seus movimentos perpétuos, criando redemoinhos ao redor das caudas de tule ou renda, numa dança com o objetivo de se aproximar de alguma estrela reconhecida.

Já os verdadeiros artistas realizavam os mesmos movimentos, porém no sentido inverso, de modo que o salão se transformava instantaneamente em outro hipódromo, mais discreto. Durante uma dessas danças, Raoule, cujo olhar abarcava tudo, fez um sinal para Raittolbe. Este estremeceu, depois olhou na direção que o dedo indicador da jovem, quase imperceptível, apontava. Lá estava *ele* — Martin Durand empurrava Jacques Silvert com gestos violentos:

— Ande logo! Ande, infeliz! — resmungava Durand. — Você precisa iniciar uma conversa com ela, quer queira, quer não, enquanto eu estudo este busto aqui. Nobreza maldita! Só ela para esculpir cariátides como esta. Que curva, meus filhos! Que peito, que ombros, que braços! Vejo-a daqui apoiando a varanda do Louvre restaurado. Ela é capaz de congelar seu sangue apenas dobrando um quadril... Vá em frente, eu o sigo!

Jacques não conseguia dar um passo à frente; estupefato pelas ondas de claridade mágica daquele salão resplandecente, pisando em vestidos espalhados, embriagado pelos aromas inebriantes que emanavam daqueles cabelos empoados de joias, o antigo florista ainda se julgava preso à vertigem paradisíaca que as brumas do haxixe lhe causavam.

— Que cabeça oca você é, meu pobre pintorzinho! — disse Martin Durand, muito aborrecido por ter que presenciar essa falta de iniciativa de um colega. — Um pouco de segurança, céus! Olhe as mulheres nos olhos, empurre os homens, veja, faça como eu... Será que dois caras como a gente têm medo dos holofotes? Ah! Lá está o sr. Raittolbe. Estamos salvos.

No fundo, a mente do arquiteto não era mais robusta que a do pintor, mas ele ostentava a inabalável segurança de todos os destruidores que sabem reconstruir alguma coisa.

O Barão de Raittolbe apertou sua mão, evitando o contato com a do jovem amigo.

— Senhores, que satisfação recebê-los! Farei a sua apresentação...

E os guiou até Raoule.

— Senhorita! — disse ele alto o suficiente para ser ouvido pelo grupo principal de convidados. — Apresento-lhe o sr. Martin Durand, arquiteto, a quem a capital deve mais alguns belos monumentos, e o sr. Jacques Silvert.

A partir dessa breve introdução, era evidente que o arquiteto não causou grande impressão, pois rapidamente se tornou claro que ele não tinha muito a oferecer. A atenção se concentrou mais no homem com o nome desconhecido. Jacques permaneceu imóvel, seus olhos fixos nos de Raoule, que ele não via desde a noite sinistra.

Ele estremeceu como um homem acordado de supetão, seus membros tremeram, ele se tornou novamente o corpo dominado por aquele espírito diabólico que lhe aparecia ali, vestindo uma armadura dourada como um escudo simbólico.

De repente, a lembrança de que diante dela ele se sentia completo o invadiu, e a alegria voltou a ser sua, assim como a dor. A embriaguez dos primeiros passos se dissipou, dando lugar ao amor servil de um bicho agradecido. As feridas se fecharam ao lembrar das carícias. Uma expressão ao mesmo tempo feliz e resignada desabrochou em seus belos lábios. Sem perceber que estava sendo observado, Jacques murmurou:

— Meu Deus, por que me fez vir aqui, eu que não sou nada e que você nem sequer considera digno do martírio?

Uma onda de rubor subiu às têmporas de Raoule. Ela respondeu gaguejando:

— Mas, senhor, devo crer que, ao apreciar suas obras, minha tia concluiu que o senhor era muito...

— Agradeço-lhe, senhora — acrescentou Jacques, voltando-se para a beata, que estava surpresa por vê-lo tão elegante em seu traje de baile. — Agradeço-lhe, mas lamento que a senhora seja melhor que a srta. Raoule!

— É perfeitamente natural! — gaguejou a santa, sem entender o que ele queria dizer e acostumada a responder sem ouvir.

Somente Raittolbe, o Marquês de Sauvarès, o primo René e Martin Durand levantaram uma orelha de preocupação.

— Melhor que a srta. Raoule! Hein? — disse René com um sorriso maroto. — Jacques Silvert é bastante vulgar. Como assim, melhor? Não entendo!

— Nem eu! — grunhiu o velho Marquês. — Uma cobra escondida na grama! Talvez! Uau! Uau! Adônis, juro por Deus, um Adônis!

Martin Durand acariciava sua bela barba.

— Estou frito! — pensou ele. — O rapaz está determinado e todos aqui parecem estar jogando o jogo mais esperto. Que porte, que postura, meus filhos!

Raittolbe, atordoado pela audácia repentina daquele degenerado de classe baixa, admitia para si mesmo que aquela postura quase o reconciliava com o jovem. Algumas mulheres se aproximaram de Jacques. A Duquesa d'Armonville, contemplando os atributos encantadores daquele ruivo que a claridade celestial tornava loiro como uma Vênus de Ticiano, influenciou as hesitantes com uma exclamação irônica que lhe caía como uma luva, pois tinha os cabelos curtos e ondulados:

— Céus, senhoras, estou maravilhada!

Nesse momento, a orquestra, escondida em um camarote com vista para o salão, fez soar dos frisos os prelúdios de uma valsa; casais se moveram e Raoule, aproveitando a agitação, se afastou de sua tia, seguida por uma pequena corte. Jacques se inclinou para ela.

— Você está muito linda... — ele disse ironicamente. — Mas tenho certeza de que seu vestido vai atrapalhá-la na hora de dançar!

— Cale a boca, Jacques! — implorou a srta. Vénérande, perturbada. — Cale a boca! Achei que tinha lhe ensinado de outra maneira o seu papel de homem do mundo!

— Não sou homem! Não pertenço a este mundo! — exclamou Jacques, tremendo de fúria contida. — Sou um animal ferido que volta a lamber suas mãos! Sou o escravo que ama enquanto entretém! Você me ensinou a falar para que eu pudesse lhe dizer *aqui* que pertenço a você! Não adianta me desposar, Raoule; ninguém se casa com as amantes, isso não é costume em seus salões!

— Ah! Você me assusta! Aqui, Jacques! É assim que você deve se vingar? Marie estaria morta? Nosso amor não seria mais o amor amaldiçoado? Eu não vi o seu sangue correr? E seria possível reviver as loucuras da nossa felicidade? Não! Não me fale mais! Seu hálito perfumado de amor fresco me deixa febril!

Raittolbe, o mais próximo deles, murmurou:

— Tenham cuidado, estão de olho em vocês!

— Então, vamos valsar! — disse Raoule, arrebatada bruscamente pela selvageria de sua volúpia que renascia ainda mais imensa na presença do tentador.

Jacques, sem formular qualquer pedido de circunstância, abraçou Raoule, que se dobrou sob seu abraço como um junco, e o círculo se abriu.

— Mas isso é um sequestro! — disse o Marquês de Sauvarès. — Este Jacques Silvert ataca a nossa deusa como a uma simples mortal!

— A cariátide está dançando! — suspirou Martin Durand, entristecido por ter presenciado uma metamorfose tão profana.

René tentava rir:

— Engraçado! Muito engraçado! Extremamente divertido. Minha prima o está amansando para devorá-lo melhor! Mais um... Quando formos cem, faremos uma cruz! Muito engraçado!

Raittolbe contemplava-os dançar com um olhar distante. O homem do povo dançava com desenvoltura, e seu corpo flexível, com ondulações suaves, parecia feito para essa atividade graciosa. Ele não buscava guiar sua companheira, mas formava com ela uma única cintura, um único busto, um único ser. Ao vê-los apressados, rodopiando e fundidos em um abraço onde as carnes, apesar das roupas, se colavam às carnes, imaginava-se a única divindade do amor em duas pessoas, o indivíduo *completo* de que falam os contos fabulosos dos brâmanes, dois sexos distintos em um único monstro.[17]

— Sim! A carne! — pensava ele. — A carne fresca, poder supremo do mundo. Ela tem razão, essa criatura pervertida! De nada serviria a Jacques possuir todas as nobrezas, todas as ciências, todos os talentos, todas as bravuras, se sua tez não tivesse a pureza da cor das rosas, não o seguiríamos assim com nossos olhos estúpidos!

— Jacques! — repetiu Raoule, cedendo à alegria de uma bacante... — Jacques, eu me casarei com você, não porque temo as ameaças de sua irmã, mas porque quero

---

17 Possível referência ao monismo que se depreende das lendas e da mitologia hindu. (N.E.)

você em plena luz do dia, depois de tê-lo tido em nossas noites misteriosas. Você será minha querida esposa, assim como foi minha adorada amante!

— E então você vai me censurar por ter me vendido, não é?

— Nunca!

— Você sabe que não estou curado! Que estou *feio!* Que utilidade posso ter para você! Jaja está machucado! Jaja está horrível! — ele continuou em um tom carinhoso, pressionando-a com mais força.

— Prometo que lhe farei esquecer tudo! Seria tão maravilhoso ser seu marido! Chamá-la em segredo de sra. Vénérande! Pois lhe darei meu nome!

— É verdade! Eu não tenho nome!

— Vamos! Sua irmã é nossa providência! Ela me fez prometer que não vou me retratar, meu anjo! Meu Deus! Minha ilusão favorita!

Quando pararam, pensaram que estavam no ateliê do Boulevard Montparnasse e sorriram um para o outro enquanto trocavam um último juramento.

— Vocês sabiam que o rei da festa é o sr. Jacques Silvert? — exclamou Sauvarès no meio de um grupo de esportistas chocados.

— De onde veio esse Adônis? — questionaram os libertinos, ávidos por saber alguma história obscura sobre o novo favorito.

— Do capricho da srta. Vénérande — respondeu o Marquês, e a frase rapidamente se tornou famosa.

Mas, de repente, a chegada de Jacques, perturbando-os inadvertidamente em suas desdenhosas reflexões, os silenciou. Eles estavam prestes a se afastar em massa para demonstrar seu desprezo por aquele obscuro desenhista de miosótis quando, ao mesmo tempo, sentiram uma comoção bizarra que os prendeu naquele lugar. Jacques, com a cabeça inclinada, ainda ostentava seu sorriso de menina apaixonada. Seus lábios afastados revelavam seus dentes de pérola, seus olhos, arregalados num círculo azulado, conservavam uma umidade radiante e, sob seus cabelos densos, sua pequena orelha, desabrochada como uma flor purpúrea, lhes causou, a todos, o mesmo estremecimento inexplicável. Jacques passou por eles sem sequer notá-los; seu quadril, arqueado sob o paletó preto, roçou-os por um segundo... e, num movimento simultâneo, eles cerraram os punhos que se tornaram úmidos.

Quando Jacques se afastou, o Marquês deixou escapar uma frase banal:

— Que calor, senhores! Juro, está insuportável!

Todos responderam em coro:

— Está insuportável! Juro, está muito quente!

CAPÍTULO XII

164

— VAMOS LÁ, MEU CARO! VAMOS LÁ, CORAGEM! TENHA GARRA! VOCÊ É UM HOMEM, NÃO UMA ESTÁTUA! NO SEU LUGAR, EU JÁ ESTARIA FURIOSO DE SENTIR ESSE FERRO TÃO PERTO DA MINHA PELE.

Imagine que me tornei um inimigo mortal, um senhor digno dos golpes mais violentos. Eu lhe tirei uma mulher amada, joguei dez cartas na sua cara, chamei-o de *covarde* ou de *ladrão*, à sua escolha. Raios! Pois revide!

E Raittolbe, o mestre, exasperado com Jacques Silvert, o aluno, lançou-se em ataques terríveis.

— Não seja impaciente, barão! — murmurou Raoule, que presidia a lição, vestida com um elegante traje de salão. — Eu permito que ele descanse. Já basta por hoje!

Raoule empunhou uma espada, colocou-se em guarda diante de Raittolbe e, como se quisesse vingar Silvert, investiu contra o ex-oficial com uma impetuosidade insana.

— Diabo! — gritou Raittolbe, atingido três vezes seguidas. — Você se exalta demais, minha querida! Parece-me que não lhe disse nada, absolutamente nada, do que acabei de dizer a este pobre Jacques!

Nesse exato momento, anunciaram o almoço: o primo René e vários íntimos entraram. Parabéns foram dados aos campeões enquanto um criado, aproximando-se discretamente de Jacques, lhe sussurrou algo no ouvido. Raoule, ainda muito exaltada, não percebeu o jovem empalidecer e passar correndo para uma sala de fumantes adjacente à sala de esgrima.

Jacques finalmente obteve da beata Élisabeth livre acesso à casa; ele estava oficialmente noivo de Raoule há um mês. Após o baile das corridas de cavalo, durante o qual todos os amantes de escândalos ficaram chocados com a presença do jovem Silvert, Raoule, louca como as possuídas da Idade Média que tinham o demônio dentro de si e não agiam mais por conta própria, se declarou abruptamente, uma manhã, à cabeceira da infeliz devota. A manhã estava gélida, sombria e sem vida. A beata, sob seus cobertores adornados com brasões, sonhava com cilícios e pisos gelados. Ela foi acordada pela voz vigorosa de *seu sobrinho*, ordenando à camareira que acendesse um fogo infernal em sua lareira.

— Por que fogo? É meu dia de mortificação, minha querida criança — disse a tia, abrindo suas pálpebras transparentes e lívidas como hóstias.

— Porque, querida tia, venho conversar sobre coisas graves, e essas coisas graves serão uma mortificação tão natural que lhe serão suficientes!

Enquanto dava um riso maldoso, a jovem se sentava em uma poltrona, puxando sobre seus pés frios a bainha de seu roupão forrado de pele.

— A essa hora? Céus! Você acordou cedo, minha querida! Vamos lá, estou ouvindo.

E a beata se sentou com as costas apoiadas no travesseiro e os olhos dilatados de terror.

— Quero me casar, tia Élisabeth!

— Casar-se! Ah! Você está inspirada por São Filipe de Gonzaga,[18] a quem rezo por essa intenção a cada vigília. Casar-se! Raoule! Então poderei realizar meu desejo mais caro, deixar este mundo de vaidades e me retirar para as Visitandines, onde meu véu já está pronto. Bendito seja o Senhor! Sem dúvida — acrescentou ela — é o Barão de Raittolbe o escolhido?

E ela sorriu um pouco maliciosamente.

— Não, não é Raittolbe, tia! Aviso que não quero me enobrecer ainda mais. Os nomes horríveis me agradam muito mais do que todos os títulos dos nossos pergaminhos inúteis. Quero me casar com o pintor Jacques Silvert!

A beata pulou na cama, ergueu os virgens braços acima da cabeça e exclamou:

— O pintor Jacques Silvert? Eu ouvi corretamente? Aquele bonitinho sem um tostão, sem um tostão, a quem você deu esmola?

Por um momento, o estupor paralisou sua língua; ela continuou, desabando sobre si mesma:

---

18 (Con)fusão — voluntária ou involuntária? — de São Felipe Neri (1515-1595) e São Luiz de Gonzaga (1568-1591). (N.E.)

— Você vai me fazer morrer de vergonha, Raoule!

— Minha tia — disse a filha indomável dos Vénérande —, talvez a vergonha fosse não me casar com ele!

— Explique-se! — gemeu a sra. Élisabeth, em desespero.

— Por respeito a você, tia, não me force, você amou demais para...

— Eu represento sua mãe, Raoule — interrompeu a beata com dignidade —, tenho o dever de ouvir tudo.

— Bem, eu sou amante dele! — respondeu Raoule com uma calma assustadora.

Sua tia empalideceu envolvida em seus lençóis imaculados. Ela tinha, no fundo de seus olhos indecisos, o único brilho que ali permaneceria durante sua piedosa existência, e disse em um tom surdo:

— Que seja feita a vontade de Deus... Case-se, minha sobrinha. Ainda me restam lágrimas suficientes para apagar o seu crime... Entrarei no convento no dia seguinte ao seu casamento!

E, desde aquela manhã fria em que um fogo infernal ardeu na lareira da beata, mortificada até o âmago, Raoule agiu como quis. O noivo foi apresentado à família e aos amigos próximos; então, sem que nenhuma objeção fosse levantada contra aquele fantástico capricho, todos se curvaram cerimoniosamente diante de Jacques. O Marquês de Sauvarès declarou-o "nada mau", René, o primo, "divertido, excessivamente divertido!". A Duquesa d'Armonville deu uma risadinha enigmática e como, afinal, graças a um tio distante que morreu convenientemente, o soberbo pintor tinha uma fortuna de 300 mil francos, ele se tornou um pouco menos ridículo.

Raoule havia entregado toda essa fortuna, com suas próprias mãos, ao homem de sua escolha.

Os criados, por outro lado, comentavam nos bastidores: "É um filho adotado".

Um filho adotado que mancharia de luto o brasão vermelho dos Vénérande!

Muitas vezes, naquelas tristes noites de outono, ouviam-se longos soluços perto do quarto fechado da sra. Élisabeth. Parecia o vento assobiando pela rotatória vazia do pátio principal.

Raoule ainda discutia, Raittolbe foi forçado a partir. Então, de repente, uma interjeição chegou até eles, aguda e discordante. Eles pararam simultaneamente. Foi então que reconheceram a voz de Marie Silvert.

A srta. Vénérande alegou um pouco de cansaço e, sem prestar atenção ao barão e aos seus admiradores, chegou à porta da sala de fumantes. Raittolbe fez o mesmo.

— Testemunhas! — decidiu Raoule. — Sigam para o almoço de reconciliação! Estamos arrumando nossos aposentos e estaremos com vocês em alguns minutos.

Os senhores saíram discutindo os golpes trocados.

— O que você veio fazer aqui, Marie? — disse Jacques, atrás da porta do budoar. — Uma cena?

— Não seria tão estúpida, eles me expulsariam!

— Bem! — disse Jacques com impaciência. — Então fique quieta.

— Ficar quieta? É isso... você terá o direito de se purificar banhando-se nos brasões da classe alta, e eu, sua irmã, continuarei a mesma de antes?

— Aonde você quer chegar?

— Aonde quero chegar? Quero que você diga à sua Raoule que as condições dela não são as minhas. Eu me importo tanto com o pedaço de papel que ela me enviou quanto com a minha primeira camisa. Parece que incomodei vocês, meus pombinhos? Ficam envergonhados com Marie Silvert? Querem me mandar para o interior, para um canto qualquer? Pois não quero! Comemos pão duro juntos, você vai se banquetear com frango assado, eu quero minha boa parte ou meto os pés nos seus pratos. Ah! O senhor se pavoneia do amanhecer ao anoitecer, o vestem como um guindaste, nunca é suficiente, não é? E sua irmã deveria se vestir com trapos, se cobrir com um pano e se alimentar de uma crosta de pão. Você está perdido! Achou que poderia calar minha boca com sua pensão de 600 francos, mas eu não vou deixar isso acontecer tão facilmente. Marie Silvert não quer suas rendas, isso seria sujo demais para ela!

— Deixe para lá — disse naquele momento a srta. Vénérande, entrando seguida por Raittolbe —, não se preocupe, você não vai ganhar nada!

Raoule havia dito isso friamente, deixando caírem uma a uma suas palavras, que, por alguns segundos, pareceram produzir na jovem o efeito de gotas de água fria.

— Está bem — disse ela, franzindo os lábios e lamentando não ter conseguido recuperar os 600 francos de maneira suave; depois, com os dedos cerrados nas costas de uma cadeira: — Na verdade prefiro assim, vocês me dão nojo. Não o senhor — falou, tentando sorrir para Raittolbe escondido atrás de Raoule, a quem ele lamentava ter seguido. — No entanto, você é a causa de tudo.

— Ah! — disse Raittolbe, aproximando-se. — O que você está dizendo?

— É claro: você sabe muito bem que a senhorita e o senhor nunca me perdoaram por ter sido sua amante. Isso os irritou!

— Chega! — interrompeu abruptamente o barão. — Não use nosso caso como pretexto para continuar com seus insultos. Você fez o seu trabalho, eu paguei: estamos quites.

— Isso mesmo — respondeu Marie, subitamente mais calma. — Ainda tenho os 100 francos que você me enviou. Não toquei neles. Significou algo para mim quando os recebi. Pode ser estúpido, mas foi isso que senti.

Ela falou em tom submisso, fixando os olhos quase suplicantes em Raittolbe.

— Veja, senhor — ela continuou sem prestar mais atenção ao irmão e a Raoule —, quando se é uma menina pobre, isso não a impede de ter coração. Você diz que fiz meu trabalho, mas sabe muito bem que não fiz! Eu te amei, ainda te amo, e você só precisa fazer um sinal se quiser, eu farei o possível para...

— Chega! — interrompeu Raittolbe, irritado por se ver ridicularizado na frente de Raoule. — Eu ficaria contente com sua partida!

Realmente emocionada um momento antes, a garota sentiu sua raiva despertar. Então ela explodiu:

— Pois bem, sim, eu partirei, mas preciso estourar o saco de lixo! Ah, vocês podem rir à vontade, mas eu não terminei, aqui está o *grand finale*! Isso diverte vocês, não é? É engraçado — ela riu sarcasticamente. — Vocês estão satisfeitos, certo? Incomodava vocês que eu tivesse chamado a atenção do barão, e agora ele me manda embora! Por Deus, então é só para eles a farra? Com certeza, já que não consigo encontrar um homem que me queira, vou pagar tudo sozinha. Meus caros, vai ser uma honra para vocês, sua futura cunhada vem comunicar a entrada no b...

— Dificilmente a sua existência mudará — zombou a srta. Vénérande, dirigindo-se à porta, acenando para que Jacques a seguisse.

Jacques permaneceu parado diante da irmã, com os punhos cerrados, o rosto pálido, mordendo o lábio; talvez houvesse apenas uma desonra para a qual ele não estaria preparado nos rápidos solavancos de sua queda...

— Faça boa viagem! — gritou Raoule ironicamente, da soleira da sala de armas.

— Oh! Voltaremos a nos ver, cunhada — respondeu Marie atrevidamente. — Virei, nos dias de folga, apresentar-lhe meus deveres. Você não precisa agir com nojo, você sabe. Marie Silvert, mesmo sendo uma prostituta licenciada, valerá muito a pena para a sra. Silvert. Pelo menos, ela faz amor como todo mundo, aquela lá!

Marie não terminou. Jacques, fora de si, antes que Raittolbe tivesse previsto sua ação, agarrou a irmã pelo pulso e, com um esforço terrível, sacudiu-a desesperadamente.

—Você vai ficar quieta, sua desgraçada? — ele rosnou com uma voz abafada.

Então seus músculos relaxaram e Marie, girando, quase caiu de joelhos.

Marie, levantando-se, dirigiu-se à porta, abriu-a e ali, voltando-se para o irmão, ao lado de quem estavam, como duas proteções, Raittolbe e Raoule:

— Não fique nervoso assim, meu menino. Você precisa dos seus músculos, precisa de todos eles... Você está com a mesma cara do dia da surra. Sabe a surra que o sr. Barão lhe deu? Cuidado, você vai se dar mal, tem algo errado com você, claro: sua esposa casta não vai mais ter o que precisa... Que gentil ele é, assim, entre seus dois amantes!

Marie lançou essas últimas palavras numa gargalhada feroz, cujas explosões devem ter abalado a velha casa dos Vénérande até os alicerces.

Élisabeth, o anjo do bem que tolerou, e Marie Silvert, o demônio da abjeção que incitou, fugiam ao mesmo tempo, uma para o Paraíso e a outra para os recônditos do inferno, desse amor monstruoso que podia, ao mesmo tempo, ir mais alto que o céu em seu orgulho e mais baixo que o inferno em sua depravação.

CAPÍTULO XIII

174

POR VOLTA DA MEIA-NOITE, OS CONVIDADOS DO CASAMENTO DE JACQUES SILVERT PERCEBERAM UM FATO MUITO ESTRANHO: A JOVEM NOIVA AINDA ESTAVA ENTRE ELES, MAS O NOIVO HAVIA DESAPARECIDO.

Indisposição súbita, ciúme, incidente grave, todas as possíveis conjecturas foram feitas entre o clã de familiares que a união já preocupava ao extremo. O Marquês de Sauvarès alegou que o cartel de um rival rejeitado fora encontrado por Jacques, sob seu guardanapo, no início da maravilhosa refeição que lhes fora servida. René afirmou que tia Élisabeth teria que deixar o mundo naquela mesma noite e que estava passando seus poderes ao marido. Martin Durand, o padrinho do noivo, resmungou sem esconder, porque os artistas sempre tinham o direito de *fazer cenas* quando precisamos deles. Ele não suportava mais o tal Jacques. No canto da monumental lareira da sala, onde o novo lar conjugal desmoronava em brasas vermelhas, a Duquesa d'Armonville, pensativa, com seu binóculo entre os dedos finos, observava os movimentos de Raoule, que estava em frente a ela. Raoule despedaçava mecanicamente seu buquê de flores de laranjeira. Raittolbe assegurava em voz baixa à Duquesa que o amor é o único poder verdadeiramente capaz de amenizar as dificuldades políticas sob o governo da época.

— Mas de qualquer forma — murmurou a duquesa, sem prestar atenção ao descuido do barão —, você pode me dizer por que esta querida noiva fez hoje o cabelo de uma forma tão... original? Isso me deixou perplexa desde a cerimônia religiosa.

— Para a sra. Silvert, o himeneu é, sem dúvida, mais um véu a ser usado, como qualquer outro — retrucou Raittolbe, escondendo um sorriso sarcástico.

A sra. Silvert usava um longo vestido de damasco branco-prateado e uma espécie de colete de cisne. Seu véu havia sido removido durante o baile e era possível ver o penteado de flores de laranjeira repousando como um diadema sobre cachos presos como na cabeleira de um menino. Sua fisionomia ousada harmonizava admiravelmente com tais cachos curtos, mas não lembrava em nada a noiva pudica, pronta para baixar os olhos sob suas tranças perfumadas que logo seriam desfeitas pela viva impaciência do noivo.

— Garanto-lhe — reiterou a duquesa — que Raoule cortou o cabelo.

— Uma moda recente que vou adotar daqui para a frente, querida duquesa — respondeu Raoule, que acabara de ouvir, saindo de seu devaneio.

Raittolbe aplaudiu silenciosamente. Ele bateu na palma da mão com as pontas das unhas. A Duquesa d'Armonville mordeu o lábio para não rir: pobre Raoule, para se tornar mais masculina, acabaria por comprometer o marido!

As damas de honra vieram todas juntas oferecer o bolo aos noivos, seguindo a nova moda importada da Rússia e que, naquele ano, fazia sucesso na alta sociedade. O noivo ainda não tinha aparecido. Raoule teve que guardar seu pedaço inteiro. A meia-noite soou; então, a jovem atravessou o vasto salão com seu passo altivo. Chegando ao arco do triunfo adornado com todas as plantas da estufa, ela se virou e dirigiu à plateia uma saudação de rainha que se despede de seus súditos. Com uma frase graciosa, porém breve, agradeceu às suas companheiras e, em seguida, saiu de costas, saudando-as novamente com um gesto elegante e rápido, como a saudação de uma espada. As portas se fecharam.

Na ala esquerda, bem no final da Residência Vénérande, ficava o quarto nupcial. O pavilhão em que estava localizado dava para o resto do edifício. A escuridão mais profunda e o silêncio mais discreto reinavam naquela parte da casa.

Os corredores eram iluminados por lanternas azuis cujo gás havia sido desligado, e, na biblioteca adjacente ao quarto, uma única tocha, presa por uma grande estátua de bronze, servia de farol. Quando Raoule entrou no círculo de luz projetado no centro da sala, uma mulher vestida simplesmente como uma criada surgiu da cortina escura.

— O que você quer de mim? — murmurou a noiva, endireitando sua silhueta flexível e deixando a imensa cauda de seu vestido de prata desenrolar-se a seus pés.

— Dizer-lhe adeus, minha sobrinha — respondeu a sra. Élisabeth, cujo rosto pálido, de repente iluminado, parecia surgir como uma evocação espectral.

— Você! Minha tia, você está partindo?

Emocionada, Raoule estendeu os braços para ela.

— Não vai beijar *seu sobrinho* uma última vez? — disse ela com um tom de voz mais respeitoso e mais suave.

— Não! — respondeu a beata, sacudindo a cabeça. — Quando eu estiver lá em cima, talvez! Mas aqui não consigo me resignar a cobrir com meu perdão as manchas da filha perdida. Adeus, srta. Vénérande. Mas, antes de partir, saiba disto: por mais santa que Deus queira que eu seja, Ele me permitiu saber sobre seus horríveis excessos. Sei de tudo: Raoule de Vénérande, eu a amaldiçoo.

A beata falava com veemência, e ainda assim Raoule pensou ouvir os ecos dessa maldição até na tranquilidade do quarto nupcial. Ela sentiu um estremecimento supersticioso.

— Você sabe de tudo? Explique suas palavras, minha tia! A tristeza de me ver carregar um nome plebeu está perturbando sua razão?

— Você é a cunhada de uma prostituta. Ela estava aqui há pouco, essa garota, esquecida em seus convites; ela me forçou a olhar para o abismo. Você não era a amante de Jacques Silvert, Raoule de Vénérande, e agora eu lamento isso com toda a minha alma! Mas lembre-se bem, filha de Satanás: os desejos contra a natureza nunca são satisfeitos! Você encontrará o desespero no momento que acreditar na felicidade! Deus a lançará na dúvida no momento que você tocar a segurança. Adeus... vou rezar sob outro teto.

Raoule, imobilizada pela impotência da sua raiva, deixou-a retirar-se sem dizer uma palavra.

Quando a sra. Élisabeth desapareceu, a noiva chamou as criadas que a esperavam para ajudá-la com sua roupa de noite.

— Alguém veio aqui ver minha tia? — perguntou ela em tom baixo.

— Sim, senhora — respondeu Jeanne —, uma de suas camareiras, uma pessoa muito discreta que falou com ela por muito tempo.

— E essa pessoa?

— Retirou-se levando uma caixinha. Creio que a sra. Élisabeth deu uma última esmola antes de partir para o convento.

— Ah! Claro, uma última ação de caridade.

Naquele momento o barulho de um carro fez as janelas da biblioteca tremerem levemente.

— Sua tia pediu o cupê — disse Jeanne, abaixando a cabeça para não demonstrar emoção.

Raoule entrou no quarto e, afastando-a:

— Não quero mais ninguém aqui, retirem-se e digam ao Marquês de Sauvarès, meu padrinho, que a partir de agora ele ficará sozinho para fazer as honras do salão.

— Sim, senhora.

Jeanne saiu imediatamente, completamente atordoada. O ar parecia irrespirável na Residência Vénérande.

Um a um, os convidados desfilaram diante do Marquês, mais surpreso que eles pelo mandato que acabava de receber; então, quando só restava Raittolbe, o sr. Sauvarès pegou-lhe pelo braço.

— Vamos, meu caro — disse ele com uma gargalhada zombeteira. — Esta casa foi definitivamente transformada em uma tumba.

O criado designado para vigiar o quarto apagou os lustres e, logo em seguida, nos salões desertos, por toda a residência, com o silêncio, reinou a escuridão profunda. Depois de deslizar a fechadura do banheiro, Raoule se despiu com uma raiva orgulhosa.

— Finalmente! — ela disse, quando o vestido de damasco com seus reflexos castos caiu a seus pés impacientes.

Ela pegou uma pequena chave de cobre, abriu um armário oculto na tapeçaria e retirou um traje preto, o conjunto completo, desde a bota envernizada até o peitilho bordado. Diante do espelho, que lhe devolvia a imagem de um belo homem como todos os heróis de romance com quem as jovens sonham, ela passou a mão, onde brilhava a aliança, por seus cabelos curtos e encaracolados. Um riso irônico franzia seus lábios suavemente cobertos por um imperceptível buço castanho.

— A felicidade, minha tia — disse ela friamente —, é tanto mais verdadeira quanto mais maluca. Se Jacques não despertar do feitiço sensual que joguei em seus membros delicados, serei feliz apesar da sua maldição.

Ela se aproximou de uma porta coberta de veludo, levantou-a com um gesto febril e, com o peito latejando, parou.

Desde a soleira, a decoração era mágica. Do santuário pagão erguido em meio aos esplendores modernos, emanava uma sutil e incompreensível vertigem que teria galvanizado qualquer natureza humana. Raoule tinha razão... o amor pode nascer em qualquer berço que esteja preparado para isso.

O antigo quarto da srta. Vénérande, arredondado nos cantos, com teto em forma de cúpula, fora revestido de veludo azul, forrado de cetim branco com detalhes em ouro e mármore.

Um tapete, desenhado segundo as instruções de Raoule, cobria o chão com todas as belezas da flora oriental. Feito de lã grossa, tinha cores tão vivas e relevos tão marcados que se poderia pensar que se caminhava num canteiro encantado.

No centro, sob o lampião sustentado por quatro correntes de prata, o leito nupcial tinha os contornos da embarcação primitiva que transportava Vênus até Citera. Uma profusão de cupidos nus, agachados à beira da cama, erguia com toda a força dos punhos uma concha forrada de cetim azul. Sobre uma coluna de mármore de Carrara, a estátua de Eros, de pé com o arco nas costas, sustentava com os braços arredondados amplas cortinas de brocado oriental, caindo em dobras voluptuosas ao redor da concha, e, ao lado da cabeceira, um tripé de bronze segurava um incensário cravejado de pedras preciosas onde uma chama rosa morria, exalando um vago cheiro de incenso. O busto de Antínoo com pupilas esmaltadas ficava voltado para o tripé. As janelas foram reconstruídas em arcos pontiagudos e gradeadas como as janelas dos haréns, atrás de vitrais em tons suaves.

A única mobília do quarto era a cama. O retrato de Raoule, assinado por Bonnat, estava pendurado nas tapeçarias, cercado por cortinas brasonadas. Na tela, ela usava um traje de caça da época de Luís XV e um galgo avermelhado lambia o cabo do chicote que segurava em sua mão magnificamente reproduzida.

Jacques estava deitado na cama; por um capricho de cortesã que espera o amante a qualquer momento, ele havia afastado as cobertas fofas e o edredom macio. Além disso, um calor revitalizante reinava no quarto bem fechado.

Raoule, com as pupilas dilatadas, a boca ardente, aproximou-se do altar do seu deus e, em êxtase, disse:

— Beleza — ela suspirou —, só você existe; eu só acredito em você. — Jacques não estava dormindo: ele se ergueu suavemente sem perder sua pose indolente; contra o fundo azul das cortinas, seu busto flexível e maravilhosamente formado se destacava rosa como a chama do incensário.

— Então por que você quis destruir essa beleza que você ama? — ele respondeu com um suspiro amoroso.

Raoule se sentou na beira da cama e segurou com as duas mãos a carne daquele busto arqueado.

— Eu estava punindo uma traição involuntária naquela noite; pense no que eu faria se você realmente me traísse.

— Escute, querido mestre do meu corpo, proíbo você de levantar a suspeita entre nossas duas paixões, isso me assusta demais. Não por mim! — ele acrescentou, rindo com sua adorável risada infantil. — Mas por você.

Ele colocou a cabeça submissa nos joelhos de Raoule.

— Aqui é muito bonito — ele murmurou, com um olhar agradecido. — Seremos muito felizes.

Raoule, com a ponta do dedo indicador, acariciou os traços perfeitos e seguiu o arco harmonioso das sobrancelhas Jacques.

— Sim, aqui seremos felizes e não devemos sair por muito tempo deste templo, para que nosso amor penetre cada objeto, cada tecido, cada ornamento com carícias selvagens, como este incenso penetra seu perfume em todas as cortinas que nos envolvem. Havíamos decidido fazer uma viagem, não faremos. Não quero fugir dessa sociedade impiedosa cujo ódio por nós sinto crescer. Temos que mostrar a eles que somos os mais fortes, pois nos amamos...

Ela estava pensando na tia... Jacques estava pensando na irmã.

— Está bem — disse ele resolutamente —, vamos ficar. Além disso, completarei minha educação como marido sério. Assim que eu souber lutar, tentarei matar o mais perverso de seus inimigos.

— Você imagina isso, a sra. Vénérande matar alguém!

Ele recostou-se no travesseiro com um movimento gracioso:

— Ela deve pedir para matar alguém, já que o meio de trazer alguém ao mundo lhe é absolutamente recusado.

Eles não puderam deixar de rir alto. E, nesta alegria ao mesmo tempo cínica e filosófica, esqueceram a sociedade impiedosa que alegara, ao sair da Residência Vénérande, que estava deixando um túmulo.

Aos poucos, a alegria insolente foi se acalmando. O sorriso não distorceu mais as duas bocas que se uniram. Raoule puxou a cortina, mergulhando a cama numa deliciosa penumbra, na qual o corpo de Jacques tinha os reflexos de uma estrela.

— Tenho um pedido — disse ele, falando agora em voz baixa.

— É a hora dos pedidos — respondeu Raoule, ajoelhando-se no tapete.

— Quero que você me corteje de verdade, como um marido faria se fosse um homem do seu nível.

E se contorceu, carinhosamente, nos braços de Raoule, unidos sob sua cintura nua.

— Oh! Oh! — ela disse, segurando os braços. — Então devo ser respeitoso?

— Sim... bem, estou me guardando, sou virgem...

E, com a vivacidade de uma interna que acaba de pregar uma peça, Jacques se enrolou nos lençóis. Uma cascata de rendas caiu sobre sua testa e não deixou mais ver senão seus ombros arredondados, que pareciam ser, assim velados, os ombros largos de uma mulher do povo, admitida por acaso na cama de um rico libertino.

— Você é muito má — falou Raoule, afastando a cortina.

— Mas não — disse Jacques, sem pensar que ela já estava começando o jogo. — Não, não, não sou cruel, estou dizendo que quero me divertir. Meu coração está cheio de alegria. Sinto-me completamente bêbado, completamente amoroso, completamente cheio de desejos malucos. Quero usar minha realeza, quero fazer você gritar de raiva e morder minhas feridas como quando você me despedaçou por ciúme. Também quero ser feroz à minha maneira.

— Não bastam as noites para que eu espere e peça aos sonhos os prazeres que você me recusa? — continuou Raoule, de pé, alimentando-o com aquele olhar sombrio cujo poder dotou a humanidade de mais um monstro.

— Que pena — respondeu Jacques, colocando a ponta da língua molhada no lábio roxo —, não me importo nem um pouco com seus sonhos, a realidade vai ser melhor depois, imploro que comece já, ou vou ficar com raiva.

— Mas é o martírio mais atroz que você pode me impor — continuou a voz trêmula de Raoule, que tinha a entonação séria de um homem. — Esperar enquanto tenho a felicidade suprema ao meu alcance. Esperar enquanto ainda não sabe o quanto estou orgulhoso de ter você sob meu poder. Esperar enquanto sacrifiquei tudo pelo direito de manter você ao meu lado, dia e noite. Esperar enquanto a felicidade seria apenas ouvir você me dizer: "Estou mesmo com a testa no seu peito, quero dormir aí". Não, não, você não terá essa coragem!

— Terei coragem sim — declarou Jacques, sinceramente frustrado por ver que ela não se entregava à comédia sem ter o benefício voluptuoso. — Repito: isso é um pedido.

Raoule caiu de joelhos, com as mãos juntas, encantada por vê-lo enganar a si mesmo e, *por hábito*, pela trapaça que ele implorava, sem suspeitar que ela a usava em sua linguagem apaixonada há vinte minutos.

— Oh! Você é tão maldosa? Acho-a completamente detestável — disse Jacques, irritado.

Raoule recuou, com a cabeça jogada para trás.

— Porque não posso ver você sem enlouquecer — disse ela, enganando-se por sua vez. — Porque sua beleza divina me faz esquecer quem sou e me dá arrebatamentos de amante; porque eu perco a razão diante da sua perfeita nudez... E o que importa o sexo das carícias para nossa paixão delirante? O que importam as provas de afeição que nossos corpos podem trocar? O que importa a lembrança de amor de todos os séculos e a reprovação de todos os mortais? Você é bela. Eu sou homem, eu te amo e você me ama!

Jacques finalmente entendeu que ela o obedecia. Ele se apoiou em um cotovelo, os olhos cheios de uma alegria misteriosa.

— Venha! — disse ele em um calafrio terrível. — Mas não tire essa roupa, pois suas lindas mãos são suficientes para acorrentar sua escrava. Venha!

Raoule se jogou na cama de cetim, revelando novamente os membros brancos e flexíveis daquele Proteu apaixonado que, agora, não conservava mais nada de seu pudor virginal.

Durante uma hora, aquele templo do paganismo moderno só ressoou com longos suspiros entrecortados e o barulho ritmado dos beijos. Então, de repente, um grito dilacerante soou, como o uivo de um demônio que acabara de ser vencido.

— Raoule — gritou Jacques, com o rosto em convulsão, os dentes cerrados nos lábios, os braços estendidos como se acabasse de ser crucificado num espasmo de prazer. — Raoule, você não é um homem? Então, você não pode ser um homem?

E o soluço das ilusões destruídas, para sempre mortas, subiu-lhe dos flancos até à garganta.

Pois Raoule havia desabotoado seu colete de seda branca e, para sentir melhor as batidas do coração de Jacques, havia pressionado um de seus seios nus contra sua pele; um seio redondo, esculpido em forma de taça com seu botão de flor fechado que nunca deveria florescer no sublime prazer da amamentação. Jacques foi despertado por uma revolta brutal de toda a sua paixão. Ele empurrou Raoule com o punho cerrado:

— Não! Não! Não tire esse casaco — gritou ele, no auge da loucura.

Apenas uma vez os dois haviam interpretado juntos aquela farsa, eles haviam pecado contra aquele amor, que, para sobreviver, precisava encarar a verdade de frente, mesmo lutando contra ela com toda a sua força.

CAPÍTULO XIV

186

ELES PERMANECERAM EM PLENA PARIS PARA LUTAR, PARA DESAFIAR. A OPINIÃO PÚBLICA, ESSA GRANDE PURITANA, RECUSOU-SE AO COMBATE. FEZ-SE UM VAZIO EM TORNO DA RESIDÊNCIA VÉNÉRANDE.

A sra. Silvert foi gradualmente excluída do clã das mulheres desejadas. Não lhe fecharam as portas, mas houve alguns audaciosos que não voltaram a cruzar seu círculo social. As festas de inverno não requisitaram mais sua presença, não a consultaram mais sobre a nova peça, o novo romance, as novidades da moda. Jacques e Raoule iam muito ao teatro, mas o camarote nunca se abria para amigos; eles não tinham mais amigos, eram os amaldiçoados do Éden, tendo atrás de si não um anjo brandindo uma espada flamejante, mas um exército de mundanos. O orgulho de Raoule se manteve firme.

O episódio da tia, que se retirou para o convento na própria noite de núpcias, era tema de muitas conversas. E, enquanto ninguém se compadecia da beata quando ela não vivia a vida que sonhava, todos se compadeceram quando ela finalmente realizou seu desejo mais ardente.

Quanto a Marie Silvert, ela não reapareceu. Em um círculo social completamente diferente daquele que Raoule frequentava, apenas se sabia que uma certa casa se destacava por seu luxo extravagante. E alguns frequentadores desse tipo de estabelecimento sabiam que uma tal Marie Silvert era a responsável por ela.

É verdade que muitas vezes as esmolas dos santos não santificam quem as recebe.

No entanto, nada se espalhava para o círculo social de Raoule. Ela própria desconhecia o fato vergonhoso. A única coisa que sentiam por ela era respeito. E se desviavam à sua passagem, como se estivessem diante de uma mulher ameaçada por uma iminente catástrofe.

Certa noite, Jacques e Raoule, em comum acordo, adiaram a hora do prazer. Já se haviam passado três meses desde seu casamento, três meses em que todas as noites se embriagavam de carícias sob a cúpula azul do templo deles. Mas naquela noite, à beira de uma fogueira moribunda, eles conversavam: não se sabe que atrativo há na agonia das brasas às vezes. Jacques e Raoule precisavam conversar um ao lado do outro, sem emoções femininas, sem gritos voluptuosos, como bons camaradas que se reencontram após uma longa ausência.

— O que aconteceu com Raittolbe? — disse Raoule, soprando a fumaça do cigarro no teto.

— É verdade — murmurou Jacques —, ele não é educado!

— Você sabe que não tenho mais medo disso — falou Raoule, rindo.

— Eu me divertiria bancando *o seu marido* diante daqueles bigodes eriçados dele.

— Ah, mas que pretensioso! — E acrescentou alegremente: — Quer que lhe ofereçamos uma xícara de chá amanhã... não iremos à Ópera e não leremos livros antigos.

— Se você não se importa.

— A lua de mel não permite surpresas, senhora — disse Raoule, levando a mão pálida de Jacques aos lábios.

Ele corou e encolheu os ombros num movimento imperceptível de impaciência.

No dia seguinte à noite, o samovar russo fumegava diante de Raittolbe, que não havia feito objeção ao convite de Raoule.

As primeiras palavras trocadas transbordavam ironia de ambos os lados. Jacques beirou a impertinência, Raoule o superou, e Raittolbe reforçou com firmeza.

— Você está nos esnobando? — disse Jacques, oferecendo-lhe o dedo indicador como se estivesse sendo condescendente.

— Será que o caro barão está com ciúmes da nossa felicidade? — questionou Raoule, erguendo-se como um cavalheiro ofendido.

— Meu Deus! Meu querido amigo! — exclamou Raittolbe, fingindo confusão e dirigindo-se apenas à sra. Silvert. — Eu sempre temo os caprichos das mulheres nervosas; se por acaso meu aluno — e ele designava Jacques — tivesse tido a fantasia de desembainhar um de seus floretes, você compreende...

Enquanto tomavam chá, ainda trocaram algumas alusões sanguinolentas.

— Você sabe que os Sauvarès, os René, os d'Armonville, até os Martin Durand estão fugindo de nós — disse Raoule entre duas risadas malignas de um demônio que percebe sua condenação.

— Eles estão errados. Eu me encarrego de substituí-los com vantagem. Ou temos amigos próximos ou não temos — respondeu Raittolbe.

A partir daquele momento, Raittolbe voltou a frequentar a Residência Vénérande todas as terças-feiras. As aulas de esgrima foram seriamente retomadas e, em uma ocasião, Jacques chegou a ir experimentar um cavalo recém-comprado com o barão. O casamento parecia ter preenchido todos os abismos que antes se abriam sob os pés do ex-oficial dos hussardos.

Ele tratava Jacques de igual para igual e, ao vê-lo empoleirado na sela, o charuto no canto da boca, os olhos atrevidos, pensou: "Talvez pudéssemos tirar um homem deste barro... se Raoule quisesse".

E ele sonhava com uma possível redenção, provocada, em um minuto de esquecimento, por uma verdadeira amante que Raoule seria forçada a combater com a tática feminina habitual.

Ao retornar do bosque, Jacques desejou visitar o apartamento de Raittolbe. Eles seguiram até a Rue d'Antin.

Ao entrar no apartamento, Jacques franziu as narinas.

— Oh! Cheira muito a tabaco aqui! — exclamou Jacques.

— Ora, meu caro amigo — retrucou Raittolbe com malícia —, eu não sou um desertor! Tenho minhas crenças e as mantenho.

De repente, Jacques fez uma exclamação; ele acabara de reconhecer, um por um, todos os móveis de seu antigo apartamento no Boulevard Montparnasse.

— Ei — ele disse —, eu os havia deixado com minha irmã.

— Sim, ela me vendeu — confessou Raittolbe.

— Quê? — interrogou o jovem, intrigado.

— Embora não faltassem interessados, eu os quis porque eles são como capítulos de um romance vivido que seria inútil publicar um dia.

— Ah! Você é muito gentil! — gaguejou Jacques, sentando-se em seu velho sofá oriental.

Ele só encontrou essa frase banal para agradecer ao barão pela gentileza. Então o barão se sentou ao lado dele.

— Esse tempo está longe, não é verdade, Jacques?

E, arrogantemente, ele bateu na coxa do rapaz.

— O que você sabe sobre isso? — Jacques murmurou, deixando a cabeça cair para trás.

— Como? Acho que a sra. Silvert em breve nos dará a oportunidade de chupar algumas amêndoas açucaradas. De minha parte, vou pedir algumas com kirsch, pois só consigo engoli-las com kirsch.

— Vamos, seu sem graça, você vai se calar?

— Hein? — resmungou Raittolbe.

— Pois sim! Você não quer também que eu dê à luz, por acaso?

O barão pegou aleatoriamente um excelente cachimbo de porcelana e o jogou contra a parede.

— Mil milhões de trovões! — rugiu ele. — Você está empalhado, então? Mas eu não tive um delírio naquela noite!

— Bah! — disse Jacques com resignação. — Um mau hábito é tão fácil de pegar!

Raittolbe caminhava de um lado para o outro, agitado.

— Jacques, você quer tentar outra coisa, sem que sua algoz nunca saiba de nada?

— Talvez...

E Jacques tinha um sorriso estranho.

— Vá ver, ao anoitecer, o que está acontecendo na casa da sua irmã.

— Debochado! — disse o marido de Raoule, balançando sua linda cabeça ruiva.
— Você se recusa?
— Não! Peço explicações.
— Oh! — declarou Raittolbe, cheio de modéstia cômica. — Não sou responsável pela publicidade dessas casas; *elas* são todas charmosas e conhecedoras, só isso.
— Não é suficiente.
— Céus! O pato decapitado, então? — murmurou Raittolbe, furioso.

Jacques levantou seu olho surpreso, puro como um olhar de virgem, para o *bon vivant* de pelos ásperos que lhe falava.
— Do que você está falando, barão?
— Ah! Isso é engraçado, céus! Puxa vida!

E Raittolbe apertava as têmporas. Depois, contemplou aquele rosto cansado, mas tão delicado em seus traços de loira voluptuosa.
— Mas não posso lhe contar uma história que depois você vai repetir para nossa fogosa Raoule... aquela garotinha mimada.
— Não! Não direi nada, diga o que quiser, se for engraçado.

Possuído por uma curiosidade doentia, Jacques esqueceu com quem estava falando. Confundindo sempre os homens com Raoule e Raoule com os homens, ele se levantou e uniu suas mãos no ombro de Raittolbe.

Por um momento, seu hálito perfumado tocou o pescoço do barão. Ele estremeceu até os ossos e se virou, olhando para a janela que gostaria de abrir.
— Jacques, meu pequeno, nada de sedução ou chamo a polícia moral.

Jacques começou a rir.
— Uma sedução num casaco de montaria? Oh, que vilão depravado! Barão, você é inconveniente, me parece!

Mas a risada de Jacques tornou-se nervosa.

— Ei! Ei! Eu lhe pareceria menos inconveniente se você estivesse com uma jaqueta de veludo! — Raittolbe teve a loucura de responder.

Jacques fez uma careta. Ao ver a boca do monstro se franzir, Raittolbe deu um salto até a janela:

— Estou sufocando — ele resmungou.

Quando voltou para perto de Jacques, este se contorcia no divã em um acesso de riso inextinguível.

— Saia, Jacques! — ele ordenou, com o chicote levantado.

Então, baixando-o:

— Saia, Jacques — continuou ele, com a voz quase vacilante —, porque desta vez você pode acabar morto.

Jacques agarrou seu braço.

— Ainda não sabemos lutar bem o suficiente — disse ele, arrastando-o à força até os cavalos, que trotavam perto da calçada.

Jantaram na Residência Vénérande, lado a lado, sem qualquer alusão à cena da tarde que pudesse alarmar a confiança de Raoule.

Uma noite, a sra. Silvert entrou sozinha no templo azul. A cama de Vênus permaneceu vazia, o incensário não acendeu, Raoule não vestiu o terno preto...

Jacques, que saiu após o almoço para assistir a um duelo de mestres renomados, ainda não havia retornado.

Por volta da meia-noite, Raoule ainda duvidava da possibilidade de uma traição. Instintivamente, seus olhos se fixaram no cupido que sustentava a cortina. Ela achou que viu uma expressão zombeteira em seu rosto.

Sentiu suas veias congelarem com um medo desconhecido... Correu para o fundo da sala em busca de uma adaga escondida atrás de seu retrato e pressionou-a contra o peito.

O som de passos foi ouvido no banheiro.

— Senhor! — gritou a voz de Jeanne.

A criada encarregou-se de anunciá-lo sem ordens, para tranquilizar a senhora, cuja expressão perturbada a assustara.

De fato, o senhor entrou alguns segundos depois.

Raoule avançou com um grito de amor, mas Jacques a empurrou brutalmente.

— Então, qual o seu problema? — gaguejou Raoule, em pânico. — Parece que você está bêbado!

— Acabei de sair da casa da minha irmã... — disse ele com a voz entrecortada — ... da minha irmã prostituta... e nenhuma daquelas mulheres, você entende? Nenhuma conseguiu reviver o que você matou, pecadora!

Ele caiu, muito pesado, no leito nupcial, repetindo com uma careta de nojo:

— Eu as odeio, mulheres. Ah! Eu as odeio!

Raoule, aterrorizada, recuou até a parede; lá, ela desabou sobre si mesma, desmaiada.

CAPÍTULO XV

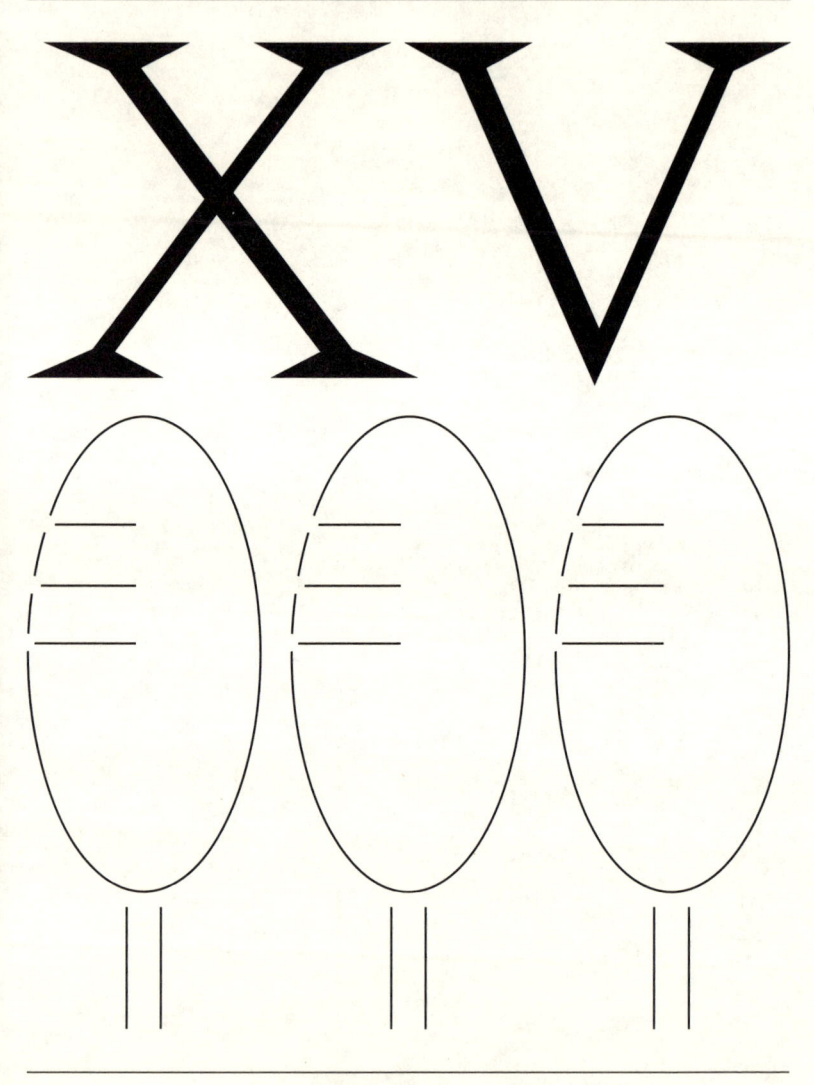

196

"MINHA QUERIDA CUNHADA, VENHA ME ENCONTRAR ESTA NOITE, POR VOLTA DAS ONZE HORAS, NA CASA DO MEU AMIGO SR. RAITTOLBE. LÁ VOCÊ VERÁ COISAS QUE LHE DARÃO PRAZER. MARIE SILVERT."

O bilhete era tão lacônico quanto um tapa na cara. Ao lê-lo, Raoule sentiu uma sensação de horror. No entanto, sua natureza corajosa de homem retomou o controle por um momento.

— Não! — exclamou ela. — Ele pode ter enganado sua esposa... mas é incapaz de trair seu amante!

Já fazia um mês que Jacques praticamente não deixava mais o santuário de amor deles, e fazia um mês que, numa aurora, ele havia pedido perdão como *uma adúltera* arrependida, beijando seus pés, cobrindo suas mãos de lágrimas. Raoule havia perdoado porque talvez, no fundo, estivesse feliz por ele ter provado a si mesmo que estava à mercê de seu poder infernal. Seria necessário que da lama surgisse um novo insulto para sua paixão misericordiosa?

Oh! Mas também... ela sabia muito bem, a carne saudável e fresca era a soberana do mundo. Ela dizia isso com muita frequência em suas noites loucas, mais voluptuosas e refinadas desde a noite da orgia de Jacques. Raoule queimou o bilhete. Então, as palavras do bilhete transpareceram nas paredes de sua sala, em letras de fogo. Ela não queria mais relê-lo, mas o via por toda parte, do chão ao teto. Chamou seus empregados um a um e lhes fez esta pergunta:

— Você sabe para onde Jacques foi esta noite, depois do passeio no bosque?

— Senhora — respondeu o cavalariço que segurava as rédeas do cavalo de Jacques —, creio que o cavalheiro entrou num fiacre!

A informação não revelava as intenções do marido dela. No entanto, por que ele não havia retornado para informá-la sobre sua fuga?

Ela estava se tornando estúpida, na verdade! Como poderia duvidar? A natureza humana não está sempre pronta a sucumbir à mais extravagante das tentações? Ela mesma, um dia, há exatamente um ano, não tinha ido ao encontro de Jacques em vez de ir ao encontro com Raittolbe?

— Então — pensou a filósofa feroz — ele foi onde seu destino o chamava; onde eu previ que ele iria, apesar das minhas carícias demoníacas! Raoule, a hora da expiação acaba de soar para você; encare o perigo de frente, e, se não for mais tempo, puna o culpado!

Ela se assustou porque, enquanto vestia suas roupas de homem para não ser reconhecida na Rue d'Antin, falava alto consigo mesma.

— Culpado! Ele é mesmo? Quem sabe? Não devo eu suportar o peso de um crime demasiadamente antecipado por minhas suspeitas e da ideia à qual seus instintos covardes o acostumaram?

Ela acrescentou, ao chegar à escada dos fundos do quarto deles:

— Não vou puni-lo, vou me contentar em destruir o ídolo, porque não podemos mais adorar um deus caído!

E ela saiu, o olhar direto, o rosto calmo, o coração partido...

Na Rue d'Antin, o porteiro disse-lhe:

— O sr. Raittolbe não está recebendo ninguém.

Então, piscando porque viu que aquele jovem elegante devia ser um amigo próximo:

— Tem uma mulher na casa dele.

— Uma mulher! — resmungou a sra. Silvert.

Uma suposição atroz lhe veio imediatamente à mente. Jacques poderia ter passado primeiro na casa de sua irmã... na casa de sua irmã havia vestidos de todos os tamanhos!

— Bem, meu amigo, é exatamente por isso que eu desejo vê-lo!

— Mas é impossível, o sr. Barão não brinca com esse tipo de instrução.

— Ele lhe deu uma?

— Não... Bem... isso a gente sabe supor!

Raoule subiu as escadas sem se dignar a virar-se e tocou a campainha da porta do mezanino. O criado de Raittolbe chegou com um dedo na boca.

— O senhor não está recebendo no momento!

— Aqui está meu cartão, devo ser recebido!

Ela tinha um cartão do marido no bolso do sobretudo.

— O sr. Silvert — gaguejou o criado, perplexo. — Mas...

— Mas — disse Raoule, tentando rir —, minha esposa está aqui, eu sei disso! Você tem medo que eu queira fazer uma cena? Não se preocupe, o comissário de polícia não está me seguindo...

Ela entregou-lhe uma nota de dinheiro e fechou a porta atrás deles.

— De fato, senhor — murmurou o pobre e aterrorizado rapaz —, eu anunciei a sra. Silvert há apenas um quarto de hora, eu juro...

Raoule atravessou rapidamente a sala de jantar e entrou na sala de fumantes, sempre tomando o cuidado de fechar as portas que abria.

A sala de fumantes era iluminada por uma única vela colocada sobre um console. Raittolbe, parado perto do console, segurava uma pistola na mão.

Raoule deu um pulo. Ele também queria se matar? Quem o havia traído? Uma criatura amada ou sua força moral?

Ela agarrou o revólver, e o ataque foi tão brusco, tão inesperado, que Raittolbe o soltou; a arma rolou pelo tapete.

— É você? — gaguejou o ex-oficial, pálido como um morto.

— Sim, você deve falar antes de estourar os miolos, eu exijo. Depois... ah! Você pode fazer o que quiser!

Ela parecia tão calma que Raittolbe pensou que ela não sabia de nada.

— Jacques está aqui! — ele disse em um tom gutural.

— Aposto que sim, já que seu criado acabou de me contar.

— Com fantasia de mulher! — exclamou Raittolbe, colocando nessa frase toda uma explosão de raiva sem sentido.

— Oh, céus!

E eles se encararam por um momento com uma fixação assustadora.

— Onde ele está?
— No meu quarto!
— O que ele está fazendo?
— Está chorando!
— Você recusou!
— Eu quis estrangulá-lo — rugiu Raittolbe.
— Ah! Mas depois você quis atirar na própria cabeça?
— Eu admito!
— Por quê?

Raittolbe não encontrou nada para responder. Aniquilado, o *bon vivant* deixou-se cair em um sofá.

— Minha honra é mais sensível que a sua! — ele disse finalmente.

Então Raoule se dirigiu para o quarto. Alguns momentos, que pareceram séculos ao barão, decorreram no mais profundo silêncio.

Então uma mulher reapareceu, vestida com um longo vestido de veludo preto liso, a cabeça coberta por um véu. Essa mulher era a sra. Silvert, nascida Raoule de Vénérande. Pálido e cambaleante, seu marido a seguia; ele havia levantado a gola do seu sobretudo para esconder marcas vermelhas que tinha no pescoço.

— Barão — disse a sra. Silvert com voz firme —, fui pega em flagrante, mas meu marido não quer um escândalo público. Ele estará esperando por você amanhã às seis horas, com suas testemunhas, em Vésinet, ao lado do bosque.

Raittolbe fez uma reverência sem se voltar para Jacques, cuja cabeça estava abaixada.

— Chega, senhora! — ele murmurou. — O flagrante delito não pode ser afirmado por seu marido, porque a sra. Silvert não é culpada, eu afirmo!

E ele colocou a mão em sua medalha da Legião de Honra.

— Eu acredito no senhor!

Ela o saudou como a um adversário e se retirou, o braço passado em volta da cintura de Jacques. Ao atravessar o limiar da sala de fumantes, ela se virou:

— À morte! — disse ela simplesmente no ouvido de Raittolbe, que a acompanhava de volta.

Outro criado, mais tarde, comentando sobre aquela estranha aventura, disse:

— A sra. Silvert, que eu juraria ter visto loira como o trigo ao entrar, estava morena como carvão ao sair... Ah! De qualquer forma, ela é uma mulher muito bonita!

Foi a própria Raoule quem, no dia seguinte, veio acordar Jacques de madrugada; ela deu-lhe os dois endereços de suas testemunhas.

— Vá — disse ela com uma entonação muito gentil —, e não tenha medo. Este é um ataque ao ar livre, diferente do ginásio de esgrima!

Jacques esfregava os olhos como quem não tinha mais consciência do que fazia; ele havia dormido todo vestido em sua cama de cetim:

— Raoule — ele murmurou com mau humor. — A culpa foi sua culpa, e eu só estava brincando, só isso!

— De todo modo — Raoule disse para Jacques, com um sorriso adorável —, eu ainda te amo!

Eles se beijaram.

— Você irá cumprir seu dever de marido indignado, receberá um arranhãozinho, essa é a única vingança que quero ter de você. Seu adversário está avisado: ele deve respeitar sua pessoa!

— Ah! Raoule, e se ele não obedecer? — murmurou Jacques, preocupado.

— Ele me obedecerá!

O tom de Raoule não admitia réplica.

Entretanto, Jacques, através dos nevoeiros de sua imaginação atordoada pelo vício, ainda via sempre diante de si a figura ameaçadora de Raittolbe, e não compreendia por que ela, a *bem-amada*, o perdoava tão covardemente.

Ele encontrou a carruagem já engatada perto do pórtico, subiu de maneira mecânica e dirigiu-se aos endereços indicados.

Martin Durand aceitou sem contestação servir de testemunha para Jacques em um assunto desconhecido. Mas o primo René, adivinhando que se tratava de uma escapada de Raoule, não achou *divertido* ter que defender a honra de Jacques Silvert. Ele só cedeu quando soube que se tratava apenas de uma disputa de esgrima.

Depois, como Jacques tinha se casado com uma Vénérande e, como tal, fazia parte da *sua nobreza*, por moral, o primo juntou-se a Martin Durand.

As duas testemunhas, sem saber o que esperar, trocaram apenas poucas palavras. Jacques Silvert recostou-se no canto mais acolchoado do carro e adormeceu.

— Alexandre! — disse René, apontando para o marido de Raoule com um sorriso de escárnio.

— Ora essa — retrucou Martin Durand —, ele luta para a plateia. Raittolbe provavelmente quer que ele experimente um novo golpe. Que marido complacente!

René fez um gesto altivo que interrompeu abruptamente a diatribe inoportuna do arquiteto.

Após uma hora e um quarto de trote elevado de seu puro-sangue, Jacques, acordado por suas testemunhas, saltou para o solo na borda da floresta. Eles levaram alguns momentos para encontrar o adversário. Tudo era singular neste duelo, e o local do encontro não era mais definido do que seu verdadeiro motivo.

Finalmente, Raittolbe apareceu, trazendo consigo dois ex-oficiais. Jacques sabia que se saudava o adversário, então o saudou.

— Muito corajoso, cada vez mais corajoso! — afirmou René.

Depois as testemunhas se aproximaram, e Jacques, para manter a postura de um verdadeiro macho, acendeu um cigarro oferecido por Martin Durand.

Era março, o tempo estava cinza, mas muito ameno. Tinha chovido no dia anterior e os brotos nascentes das árvores brilhavam com milhares de gotículas reluzentes. Ao levantar a cabeça, Jacques não pôde deixar de sorrir com seu riso vago que representava toda a espiritualidade de sua matéria flexível. Do que estava rindo? Meu Deus, ele não sabia; aquelas gotas de água lhe pareciam olhares límpidos ternamente abaixados sobre seu destino, e isso lhe trazia alegria ao coração!

Quando ele avistava o campo, levando Raoule pelo braço, o corpo daquela terrível criatura, senhora de si, obstruía tudo à sua frente.

E ele amava cruelmente aquela mulher. É verdade que ele a havia ofendido por aquele homem que lhe havia feito tanto mal.

Ele voltou seu olhar para a terra. Violetas brotavam no gramado aqui e ali. Então, assim como as gotas de chuva haviam semeado lantejoulas em seu cérebro obscuro, os pequenos olhos escuros das flores parcialmente veladas de maneira melancólica pelos fios de grama, como por cílios, tornaram-no ainda mais obscuro.

Ele viu a terra sombria, lamacenta, e estremeceu com a ideia de estar deitado ali uma manhã, para nunca mais se levantar.

Sim, certamente, ele havia ofendido sua mulher; mas aquele homem, por que lhe havia machucado tanto o pescoço?

Ademais, nada era sua culpa! A prostituição é uma doença! Todos a tiveram na família: a mãe, a irmã; ele poderia lutar contra seu próprio sangue?

Ele havia sido feito *tão moça* nos lugares mais secretos do seu ser, que a loucura do vício tomava as proporções do tétano! Além disso, o que ele havia ousado desejar era mais natural do que aquilo que Raoule havia lhe ensinado!

E ele sacudia ao vento seus cabelos ruivos enquanto pensava nessas coisas! Eles iriam posar um pouco sob espadas cruzadas, fazer *flexões*. "Vamos, senhores!"

Eles duelariam até que ele recebesse o arranhão prometido, então ele voltaria rapidamente para fazê-la beber em um beijo a pérola púrpura não maior que as pérolas da chuva...

... No entanto, este homem realmente machucou seu pescoço...

A escolha das armas coube a Raittolbe. Ele escolheria. Quando Jacques pegou sua espada nas mãos, ficou surpreso ao encontrá-la pesada. As que ele costumava usar eram muito leves. O sacramental "Vamos, senhores!" foi pronunciado.

Jacques manuseou a arma desajeitadamente, como sempre.

O barão não quis olhar Jacques nos olhos, mas o jovem demonstrou tanta tranquilidade, embora silencioso, que Raittolbe sentiu o frio invadir sua alma.

"Vamos depressa", pensou, "vamos livrar a sociedade de um ser imundo!"

Naquele momento, o amanhecer rasgou a nuvem cinzenta. Um raio deslizou em direção aos combatentes. Jacques estava iluminado e, com a camisa aberta na cavidade do peito, via-se a pele fina como a de uma criança, cachos dourados que mal formavam uma sombra na carne.

Raittolbe fez um falso movimento. Jacques defendeu, mas de forma um pouco covarde. Ele também estava ansioso para terminar... E se o barão errasse? Sua pegada era terrível, ele havia aprendido isso da pior maneira. Era principalmente esse silêncio religioso que o incomodava! Pelo menos Raoule o divertia com suas observações mordazes quando lhe dava lições, e ele queria parecer bonito...

Raittolbe hesitou por alguns segundos. Uma angústia terrível tomou conta dele e um suor úmido o inundou.

Aquele Jacques, todo rosado, parecia alegre! Então não era um covarde aquele ser amaldiçoado, Raittolbe não entendia, ele não se defendia? Os golpes de espada então não tinham mais efeito em seus membros de jovem deus do que os golpes de chicote?

Não querendo saber o que aconteceria, em um golpe rápido, ele se lançou, desviando um pouco a cabeça, e atingiu Jacques bem no meio daqueles cachos ruivos que a aurora tornava brilhantes como uma douradura. Parecia que sua espada entrava sozinha na carne de um recém-nascido. Jacques não emitiu nenhum grito; o infeliz caiu sobre os tufos de grama onde os pequenos olhos escuros das violetas o espreitavam. Mas Raittolbe gritou; proferiu uma exclamação lancinante que perturbou as testemunhas.

— Eu sou um desgraçado! — ele disse com a voz de um pai que, inadvertidamente, assassinou o filho. — Eu o matei! Eu o matei!

Ele correu para o corpo deitado.

— Jacques! — ele implorou. — Olhe para mim! Fale comigo! Jacques, por que você quis isso também? Você não sabia que estava condenado? Ah! É uma atrocidade, eu, que o amo, não posso tê-lo matado! Fale alguma coisa! Isso é verdade? Estou sonhando?

As testemunhas, arrasadas por aquela dor inesperada, tentaram acalmá-lo, enquanto levantavam Jacques.

— Para um primeiro duelo de sangue, é um resultado lamentável — murmurou um dos dois oficiais.

— Sim! Este é um caso desastroso — murmurou Martin Durand.

— E não há um médico — acrescentou René, terrivelmente chateado com o desfecho da aventura.

— Já estou acostumado com essas coisas, vou fazer um curativo nele; vai me buscar um pouco de água, rápido... — disse a segunda testemunha do barão.

Enquanto buscavam água, Raittolbe pressionou os lábios contra o ferimento e tentou sugar o sangue que mal escorria.

Com um lenço, borrifaram a testa de Jacques. Ele entreabriu as pálpebras.

— Está vivo? — perguntou o barão. — Oh! Meu filho, você me perdoa? — ele continuou, gaguejando. — Você não sabia lutar, você se ofereceu para morrer.

— Afirmamos — interrompeu um dos oficiais, que achava que o amigo estava indo longe demais — que o sr. Raittolbe agiu corretamente.

— Você deve estar sofrendo muito, não é? — continuou o barão, sem mais ouvir os outros. — Você que treme com o menor mal. Ai de mim! Você é tão pouco um homem! Eu devo ser louco para aceitar este duelo. Meu pobre Jacques, responda-me, eu imploro!

As pálpebras do jovem se ergueram completamente; um sorriso amargo apertou sua bela boca, cujo tom avermelhado estava desaparecendo.

— Não, senhor — balbuciou Jacques com uma voz que se tornou menos que um sopro. — Eu não lhe guardo rancor... é minha irmã... a causa de tudo... minha irmã! Eu gostava muito de Raoule... Ah! Estou com frio!

Raittolbe quis novamente sugar a ferida, porque o sangue ainda não fluía.

Então Jacques o empurrou e disse-lhe, ainda mais baixinho:

— Não! Me deixe, seus bigodes vão me arranhar...

Seu corpo estremeceu quando caiu para trás. Jacques estava morto.

❦

— Você não percebeu — disse uma das testemunhas do barão, quando o veículo se afastou carregando o cadáver —, não percebeu que Raittolbe, apesar do desespero, esqueceu de estender a mão para ele?

— Sim, além disso, esse duelo foi o mais incorreto possível. Sinto muito pelo nosso amigo.

Na noite daquele dia fúnebre, a sra. Silvert inclinava-se sobre o leito no templo do Amor e, armada com uma pinça de vermeil, um martelo revestido de veludo e um cinzel de prata maciça, dedicava-se a um trabalho minucioso... De vez em quando, ela enxugava seus dedos finos com um lenço de renda.

CAPÍTULO

XVI

208

O BARÃO DE RAITTOLBE RETOMOU O SERVIÇO NA ÁFRICA. ELE PARTICIPA DE TODAS AS EXPEDIÇÕES PERIGOSAS. NÃO O PREVENIRAM DE QUE MORRERIA COM UM TIRO?

Na Residência Vénérande, no pavilhão esquerdo, cujas janelas estão sempre fechadas, há um quarto lacrado.

Esse quarto é todo azul como um céu sem nuvens. Sobre a cama em forma de concha, guardada por um Eros de mármore, repousa um manequim de cera revestido de uma epiderme de borracha transparente. Os cabelos ruivos, os cílios loiros e a penugem dourada do peito são naturais; as unhas das mãos e dos pés, os dentes que adornam a boca foram arrancados de um cadáver. Os olhos esmaltados têm um olhar adorável.

O quarto lacrado possui uma porta escondida atrás da cortina de um lavabo.

Noite após noite, uma mulher vestida de luto, ou às vezes um jovem de terno preto, abrem essa porta.

Eles vêm se ajoelhar perto da cama e, depois de contemplarem longamente as formas maravilhosas da estátua de cera, eles a abraçam, beijam-lhe os lábios. Um mecanismo, colocado no interior dos flancos, corresponde à boca e a anima.

Esse manequim, uma obra-prima de anatomia, fora fabricado por um alemão.